I0544526

SCHUTZ FÜR ALABAMAS KINDER

SEALs of Protection, Buch Zwölf

SUSAN STOKER

Die Delta Force Heroes:

Die Rettung von Rayne

Die Rettung von Emily

Die Rettung von Harley

Die Hochzeit von Emily

Die Rettung von Kassie

Die Rettung von Bryn

Die Rettung von Casey

Die Rettung von Wendy

Die Rettung von Sadie

Die Rettung von Mary

Die Rettung von Macie

Ace Security Reihe:

Anspruch auf Grace

Anspruch auf Alexis

Anspruch auf Bailey

Anspruch auf Felicity

Anspruch auf Sarah

Mountain Mercenaries:

Die Befreiung von Allye

Die Befreiung von Chloe

Die Befreiung von Morgan

Die Befreiung von Harlow

Die Befreiung von Everly

Die Befreiung von Zara
Die Befreiung von Raven

Die SEALs von Hawaii:
Die Suche nach Elodie (April 2021)
Die Suche nach Lexie
Die Suche nach Kenna
Die Suche nach Monica
Die Suche nach Carly
Die Suche nach Ashlyn
Die Suche nach Jodelle

Dicht zusammengedrängt saßen Brinique und Davisa Powers unter der Deckenburg, die sie in ihrem Zimmer gebaut hatten. Sie sprachen leise, damit ihre Eltern sie nicht hören konnten.

»Ich mag ihn nicht«, erklärte Davisa hartnäckig.

»Ich auch nicht, aber Mommy und Daddy sagen, er ist so, wie wir früher waren«, konterte Brinique.

Davisas Unterlippe zitterte. Krokodilstränen liefen aus ihren großen braunen Augen und hinterließen Spuren auf ihrem schokoladenbraunen Gesicht. »Was, wenn sie ihn mehr mögen als uns?«

Brinique nahm ihre kleine Schwester in die Arme und wiegte sie hin und her. Sie hatte sich ihr ganzes Leben lang um sie gekümmert. Bevor sie aus dem Haus ihrer Mutter gerettet worden waren, hatte sie Davisa vor den bösen Männern beschützt, die ihre leibliche Mutter mit nach Hause gebracht hatte. Sie waren damals erst drei und vier Jahre alt gewesen, aber überraschenderweise erinnerte Brinique sich noch sehr gut daran.

Christopher und Alabama Powers hatten sie zunächst als Pflegefamilie aufgenommen und schließlich adoptiert. Obwohl sie ihr immer wieder sagten, dass sie ihre Schwester jetzt nicht mehr beschützen müsste, konnte Brinique es nicht abschalten. In ihrem neuen Leben mussten sie keine Angst mehr vor physischer Gewalt haben, aber emotional hatte Davisa immer noch zu kämpfen.

Brinique war sich nicht sicher, was ihr Daddy Abe beruflich machte, aber es war etwas wirklich Wichtiges. Er und seine Freunde zogen in die Welt hinaus, um Bösewichte zu jagen. Er war ein SEAL ... eine Art Soldat. Brinique verstand nicht wirklich, was das bedeutete, aber sie wusste, dass er der beste Soldat aller Zeiten sein musste. Wenn er sie in seinen Armen hielt und ihr sagte, wie sehr er sie liebte, fühlte sie sich sicher. Jeder Mensch, dem er half, müsste sich genauso fühlen.

Die Zeit seit ihrer Adoption vor zwei Jahren war wunderbar gewesen. Sie war jetzt acht Jahre alt und ging in die zweite Klasse. Davisa war sieben und in der ersten Klasse. Sie waren die ältesten Kinder in ihren Klassen. Bevor sie zu Christopher und Alabama gekommen waren, waren sie weder im Kindergarten gewesen, noch hatte ihnen jemals jemand etwas vorgelesen. Also wiederholten sie eine Klasse, damit sie aufholen konnten.

Anfang dieser Woche hatten Mommy und Daddy ihnen gesagt, dass sie einen Bruder bekommen würden. Es war eine große Überraschung gewesen, umso mehr, als sie erfuhren, dass ihr Bruder älter sein würde als sie. Brinique war gern die Älteste und mochte es eigentlich, dass sie und Davisa die einzigen Kinder im Haus waren.

Tommy war jetzt seit vier Tagen bei ihnen und es war schwierig, sich an die neue Situation anzupassen. Brinique wusste, wie ihre Schwester sich fühlte. Sie hatten am vergangenen Abend darüber gesprochen ... und sie fühlte sich genauso.

Tommy war zehn. Er war aus der Obhut seines Vaters entfernt worden, nachdem der Mann einige schlechte Dinge getan hatte. Er war klein und dünn und hatte dunkelbraunes Haar. Er hatte nicht viel Kleidung mitgebracht, als er bei ihnen eingezogen war, aber Alabamas Freundinnen hatten sich schnell darum gekümmert. Tommy redete nicht viel mit den Erwachsenen ... aber wenn Mommy und Daddy nicht da waren, sagte er viele Dinge zu Brinique und Davisa.

Er sagte ihnen, dass sie dumm und hässlich wären. Und wenn eine von ihnen jemals in sein Zimmer kommen sollte, würde er sie verprügeln.

»Warum mussten Mommy und Daddy ihn hierherbringen? Das ist *unser* Zuhause. Ich mag ihn nicht. Er ist gemein«, schniefte Davisa.

Brinique öffnete den Mund, um ihrer Schwester zu antworten, als die Decke auf der einen Seite ihrer Burg hochgehoben wurde. Daddy Abe schaute hinein. »Bitte um Erlaubnis, eintreten zu dürfen.«

Brinique wollte nicht wirklich mit ihrem Vater sprechen, nickte aber trotzdem. Es wäre unhöflich, Nein zu sagen, und ihr Daddy legte sehr viel Wert auf respektvollen Umgang miteinander. Sie rutschte zur Seite und machte etwas Platz, damit er sich zu ihnen kuscheln konnte. Er ließ die Decke hinter sich fallen und die drei saßen im Dunkeln in der Deckenburg.

Brinique seufzte, als Daddy Abe seine großen Arme um sie und Davisa legte. Er roch gut, nach Seife und ... Daddy. Sie wollte sich gerade nicht so an ihn kuscheln, wie sie es normalerweise tun würde, aber sie konnte nicht abstreiten, dass seine Umarmung sich gut anfühlte.

»Ich weiß, dass ihr verwirrt seid, aber ich möchte euch eine Geschichte erzählen«, sagte Christopher »Abe« Powers zu seinen Töchtern.

Brinique mochte die Geschichten ihres Vaters, aber nach dem ernsten Tonfall und dem Ausdruck in seinen Augen zu urteilen würde diese Geschichte anders sein. Davisa nickte sofort und schließlich willigte auch Brinique ein, ohne zu ihrem Vater aufzublicken.

»Es war einmal ein kleiner Junge«, begann Abe. »Er lebte allein mit seinem Vater zusammen, weil seine Mutter zwei Jahre zuvor gestorben war. Nach dem Tod der Mutter war der Vater sehr traurig. So traurig, dass er sich um nichts mehr kümmerte. Er hatte seine Frau so sehr geliebt, dass es ihm jetzt morgens schwerfiel aufzustehen. Er wusch weder das Geschirr noch seine Kleidung und erinnerte sich nur sehr selten daran, Lebensmittel einzukaufen. Er ging auch nicht mehr zur Arbeit, weil er einfach zu traurig war.

Der kleine Junge war auch traurig, musste aber zur Schule gehen. Er versuchte, sich um seinen Vater und um den Haushalt zu kümmern, aber er war gerade erst so alt wie Brinique. Er war nur ein Kind. Eines Tages sagte sein Vater zu ihm, er solle seine Tasche packen, denn sie müssten das Haus verlassen, weil sie es sich mehr nicht leisten könnten, dort zu wohnen. Der Junge war verwirrt und verärgert, weil er nur wenige Klamotten mitnehmen konnte und alle seine Spielsachen zurücklassen musste.

Für eine Weile wohnten sie in ihrem Auto und suchten in den Mülltonnen hinter Restaurants nach etwas zu essen. Schließlich zogen sie in einen Wohnwagen, aber der Vater des Jungen kümmerte sich nach wie vor um nichts anderes, als zu trinken und sich mit einer seltsamen Flüssigkeit zu spritzen, die er zuvor auf einem Löffel geschmolzen hatte. Der Mann, der einmal sein Daddy gewesen war, war verschwunden, und an seine Stelle war ein gemeiner Kerl getreten, der ihn jeden Tag anschrie und ihm sagte, dass er wünschte, es würde ihn nicht geben. Andere gemeine Leute kamen in den Wohnwagen und der Junge versteckte sich unter seinem Bett, aus Angst, verletzt zu werden. Die bösen Leute, die in den Wohnwagen kamen, hatten ihm schon einmal wehgetan. Sie gaben seinem Vater Geld und dann kamen sie zu ihm und taten ihm weh. Monatelang ging das so, bis eines Tages, nach einer besonders schlimmen Nacht mit den bösen Leuten, sein Lehrer dem Schulleiter meldete, dass der Junge verletzt worden sei. Schließlich kam die Polizei und brachte den Jungen von den bösen Leuten und seinem Vater weg.«

Brinique hatte sich umgedreht und ihren Vater angesehen, während er gesprochen hatte. Das Licht war schwach, aber sie konnte sein Gesicht sehen. Er sah unglaublich traurig aus. Sie wollte für den Jungen in der Geschichte kein Mitleid empfinden, aber sie hatte Mitleid mit ihm. Sie erinnerte sich nur allzu gut daran, wie ängstlich sie gewesen war, wenn gemeine Leute in *ihr* altes Zuhause gekommen und mit ihrer Mutter gesprochen hatten. »War sein Vater traurig, dass sein Sohn verletzt wurde?«

»Nein, Süße«, sagte Abe traurig zu seiner Tochter, »es war ihm egal. Die Polizei hat ihn ins Gefängnis gesteckt und für seinen Sohn hat er sich nicht mehr interessiert. Er hat noch am gleichen Tag die Papiere unterschrieben, seinen Sohn abzugeben. Genau wie du und deine Schwester kam der Junge zunächst in eine Pflegefamilie. Leider haben ihn die Dinge, die die bösen Leute ihm angetan hatten, zugleich wütend und traurig gemacht. Er hat einen Schutzschild um sich aufgebaut, um sich vor weiteren Verletzungen zu schützen. Er hat Angst und ist verwirrt nach allem, was passiert ist. Und ich glaube, er will nicht riskieren, jemals wieder von irgendjemandem verletzt zu werden.«

»Der Junge ist Tommy, oder?«, fragte Brinique ihren Vater mit leiser Stimme.

Er nickte ernst und drückte Brinique liebevoll. »Ich weiß, dass es nicht einfach für euch ist. Er leidet und er hat Angst. Ich bitte euch nur, ihm etwas Zeit zu geben. Seid die wundervollen Schwestern, von denen ich weiß, dass ihr sie sein könnt. Nehmt euch die Dinge, die er sagt, nicht zu Herzen. Ihr wisst, dass eure Mom und ich euch lieben. Ihr gehört zu uns. Wir haben euch ausgesucht, von allen Kindern, die wir hätten adoptieren können. Erinnert ihr euch?«

Davisa nickte und setzte sich auf den Schoß ihres Vaters. »Ja, ihr habt uns ausgewählt. Es war euch egal, ob wir lila oder grün gewesen wären. Ihr liebt uns dafür, was in unserer Haut steckt.«

»Ganz genau, Süße. Tommy hat vielleicht weiße Haut genau wie Mommy und ich, aber das bedeutet nicht, dass wir euch weniger oder ihn mehr lieben. Er mag jetzt wütend und gemein sein, aber wir wissen, dass hinter dieser Fassade ein wunderbarer kleiner Junge steckt. Wir müssen ihm nur etwas Zeit geben, sich an die neuen Umstände zu gewöhnen. Erinnert ihr euch noch, wie ängstlich ihr wart, als ihr hierhergekommen seid?«

Brinique und Davisa nickten gleichzeitig und schauten ihren Vater mit großen Augen an.

»Er fühlt sich genauso. Er hat Angst, dass er vielleicht auch von hier wieder wegmuss. Wahrscheinlich hat er auch Angst davor, dass die bösen Leute ihn wiederfinden könnten. Und ich bin mir sicher, dass er seine Eltern vermisst. Wir müssen ihm nur etwas Zeit geben. Wenn er zu gemein zu euch wird, geht in euer Zimmer oder kommt zu Mommy oder mir, in Ordnung? Dies ist euer Zuhause und ihr sollt euch hier genauso sicher fühlen wie er. Es ist nicht in Ordnung, dass er gemein zu euch ist, und ich habe ihm klargemacht, dass er euch in Ruhe lassen soll, aber ich habe das Gefühl, dass er es trotzdem noch sein wird. Ich liebe euch, mehr als ihr euch jemals vorstellen könnt. Ihr seid meine Prinzessinnen, meine und Mommys. Los jetzt ... es ist schon spät. Je früher ihr schlafen geht, desto schneller wird ein neuer Tag kommen. Wollt ihr heute Nacht in eurer Deckenburg schlafen?«

»Dürfen wir?«, fragte Davisa ungläubig. Sie wusste, dass ihr Vater es nicht mochte, wenn sie unter den lockeren Decken schliefen. Er hatte ihnen gesagt, dass es ein Sicherheitsrisiko wäre ... was auch immer das war.

»Ja Schätzchen, heute Nacht dürft ihr«, bestätigte Abe und küsste sie liebevoll auf den Kopf.

Abe half ihnen dabei, ihre Kopfkissen und Bettdecken auf den Boden zu legen, und Brinique umarmte ihn, als er sich vorbeugte, um ihr einen Gutenachtkuss zu geben. »Es tut mir leid, dass Leute ihm wehgetan haben, Daddy.«

»Ich weiß, Süße. Mir auch. Ich liebe euch. Schlaft gut.«

Etwas später sah Brinique hinüber zu ihrer Schwester. Davisa schlief tief und fest, aber Brinique konnte nicht einschlafen. Sie musste immer wieder darüber nachdenken, was ihr Vater ihnen über Tommy erzählt hatte.

Ihm war wehgetan worden. Sie wusste nicht, auf welche Weise, aber es musste schlimm gewesen sein. Als sie und Davisa in ihr neues Zuhause gebracht wurden, hatten sie sich gegenseitig. Es war eine schwierige Zeit gewesen und es hatte lange gedauert, bis sie ihren neuen Eltern vertrauen konnten. Tommy hatte niemanden, auf den er sich verlassen konnte.

Sie kniff ihre kleinen Augen zusammen und sandte ein Wunschgebet in den Himmel. »Tommy braucht einen Freund. Er braucht jemanden, mit dem er reden kann. Ich hatte Davisa, aber er hat niemanden. Er braucht jemanden, der ihn vor den bösen Leuten beschützt. Es muss kein anderes Kind sein. Es könnte auch eine Katze oder ein Hund sein ... oder vielleicht sogar ein imaginärer Freund. Ich möchte seine Freundin sein, aber er mag mich nicht. Ich möchte, dass er glücklich ist und Mommy und Daddy mag, und dass er uns mag. Bitte schicke jemanden, damit er nicht mehr leiden muss.«

Brinique fühlte sich besser und entspannte sich unter ihrer Decke. Vor langer Zeit hatte sie sich gewünscht, dass jemand Davisa beschützen sollte, und dann war die Polizei aufgetaucht. Sie hatte sich eine Mommy und einen Daddy gewünscht und dann haben Christopher und Alabama sie bei sich aufgenommen. Sie hatte sich Mrs. Noonkaster als ihre Lehrerin gewünscht, und auch das hatte funktioniert.

Sie hatte also keinen Zweifel daran, dass auch dieser Wunsch in Erfüllung gehen würde.

Mit einem Lächeln im Gesicht schlief sie ein, mit der sicheren Gewissheit, dass Tommy bald einen neuen Freund bekommen würde.

Irgendwo auf der Welt, an einem Ort, von dem die

Menschen nicht wussten, dass er existiert, lebten die Kreaturen, die von den Erwachsenen als »imaginäre Freunde« bezeichnet wurden. Einige hatten die Erscheinung von Tieren, wie sie von den Menschen gekannt und geliebt wurden ... Hunde, Katzen, Kaninchen. Andere hatten die Gestalt von Zwergen oder Feen. Wieder andere sahen aus wie Kinder.

Aber die Kreatur, die diese Nacht Tommy zuge-wiesen wurde, nachdem Briniques Wunsch diese längst vergessene Welt erreicht hatte, war der hässlichste kleine Troll, der diesen Ort sein Zuhause nannte.

Gamjee war stets der Letzte, der für einen Auftrag infrage kam. Meistens störte es ihn nicht. Er war gern allein. Er wusste, dass sein unförmiger Kopf und sein pelziger Körper die meisten Kinder mehr erschreckte als tröstete. Er wurde nur geschickt, wenn kein anderer imaginärer Freund verfügbar war, oder in den schlimmsten Fällen.

Als das Licht über seinem Bett anging, seufzte Gamjee. Er hatte gerade die Augen geschlossen. Er hasste es, ein schönes, langes Nickerchen zu verpassen. Stöhnend stand er auf und zog sich an. Mit einem Zwinkern teleportierte er sich innerhalb von Sekunden in den Thronsaal des Königs.

»König Matuna«, sagte Gamjee respektvoll und

nickte dem großen Wesen zu, das aussah wie ein Geist aus einem Märchen. Sein Unterkörper schien nur aus Rauch zu bestehen, aber sein Oberkörper und der Kopf sahen menschlich aus. Er hatte eine lange Mähne, die um seinen Kopf und über seinen Rücken fiel.

»Gamjee«, dröhnte der König. »Du wirst an einen Ort namens Kalifornien geschickt. Dein Auftrag heißt Tommy. Er hat Probleme, sich in sein neues Zuhause zu integrieren, und die Zukunft des gesamten Landes, in dem er lebt, hängt davon ab, dass er sich dort einlebt.«

Gamjee seufzte. Er wollte keine so bedeutende Aufgabe. Er würde lieber einem kleinen Kind zugewiesen werden, das Angst vor der Dunkelheit hatte und einen Freund brauchte, um darüber hinwegzukommen.

Aber ... normalerweise sprachen sie nicht über die Zukunft der Menschen. Wenn König Matuna ihm also sagte, dass dieser Tommy-Junge zu großen Dingen in seiner Welt bestimmt war, musste es sehr wichtig sein.

»Ja, Sir«, entgegnete Gamjee respektvoll.

»Nicht nur sein Leben ist in Gefahr, sondern er ist auch gemein. Und wir beide wissen, dass aus einem gemeinen Kind ein gemeiner Erwachsener werden kann. Und das ist inakzeptabel, verstanden?«

»Ja, Sir«, wiederholte Gamjee. Aber innerlich war er immer noch missmutig, weil er müde war und ein Nickerchen machen wollte.

»Dann mach dich auf den Weg«, sagte der König.

Gamjee nickte und zwinkerte, um sich auf den Weg zu Tommy zu machen. Je eher er seinen Auftrag erledigte, desto schneller könnte er sein Nickerchen machen.

KAPITEL ZWEI

»Oh, was ist *das* denn?«, rief Davisa und kniete sich vor das Gebüsch vor ihrem Haus.

Brinique gesellte sich zu ihrer Schwester und schob die Zweige zur Seite. Zwei große, schwarze Augen starrten ihnen entgegen.

Die Kreatur sah ein wenig aus wie einer dieser Gartenzwerge, die manche Leute in ihrem Vorgarten aufstellten, nur viel seltsamer und irgendwie gruselig.

»Lasst mich mal sehen«, befahl Tommy und schubste die beiden Mädchen weg, sodass sie auf ihre Hintern fielen. Er ignorierte die Tatsache, dass sie sich wehgetan haben könnten, und schaute durch die Zweige ins Gebüsch.

»Großer Gott, ist das Ding aber hässlich«, sagte

Tommy.

»Wen nennst du hier hässlich?«

Tommy blinzelte und starrte die seltsame kleine Kreatur an, die sich nicht bewegt hatte. Er drehte den Kopf herum und starrte Brinique und Davisa an. »Was habt ihr gesagt?«

»Wir haben nichts gesagt«, protestierte Davisa.

»Natürlich habt ihr das. Ihr habt gesagt: ›Wen nennst du hier hässlich?‹«

»Nein«, argumentierte Davisa, stand auf und stemmte die Hände in die Hüften.

»Wer hat es dann gesagt?«

»Ich.«

Alle drei Kinder drehten sich gleichzeitig um und starrten wieder ins Gebüsch.

Die Kreatur saß da und blinzelte sie an.

»H-h-hast du gerade gesprochen?«, fragte Tommy offensichtlich verwirrt.

»Allerdings.«

»Gartenzwerge können aber nicht sprechen«, gab Tommy zurück.

»Na, dann ist es wohl gut, dass ich kein Gartenzwerg bin, oder?«, sagte die Kreatur, stand auf und sprang aus dem Gebüsch.

»Ist das ein Scherz?«, fragte Tommy und sah sich im Vorgarten um, als würde er darauf warten, dass jemand mit einer Kamera herauskam und »April, April!« rief.

»Nein, das ist kein Scherz«, sagte die Kreatur und setzte sich ins Gras. »Ich kann sprechen. Was ist mit *denen* los?«, fragte er und deutete mit dem Kopf auf Brinique und Davisa.

Brinique saß immer noch auf dem Hintern, auf dem sie gelandet war, nachdem Tommy sie geschubst hatte. Davisa stand neben ihr. Beide starrten die Kreatur mit offenen Mündern verständnislos an.

Tommy hatte das Bedürfnis, mutig zu wirken, und spottete: »Das sind bloß Mädchen. Sie sind schwach.«

Die Kreatur warf den Kopf in den Nacken und lachte laut.

Tommy mochte es nicht, ausgelacht zu werden, und holte mit einem Bein Schwung, um das Ding zu treten ...

Mitten in der Luft blieb sein Fuß plötzlich stehen, als würde er direkt vor der Kreatur von einer großen Hand festgehalten werden.

Immer noch lachend sagte die hässliche kleine Kreatur: »Mich zu treten wäre wirklich unhöflich, oder? Und ich lache, weil ich einige erstaunliche

Frauen kenne ... die viel stärker sind als die meisten Männer.«

»Lass mich los!«, jammerte Tommy und hüpfte auf einem Bein, während das andere mitten in der Luft eingefroren blieb.

»Erst sag mir, dass es dir leidtut, dass du versucht hast, mich zu treten«, forderte die Kreatur.

»Es tut mir leid, es tut mir leid!«, sagte Tommy verzweifelt.

Sein Bein wurde freigegeben und Tommy fiel neben Brinique auf den Boden.

»Ich denke, wir sollten uns zunächst einander vorstellen ... nicht wahr? Ich heiße Gamjee«, sagte die Kreatur. »Ich bin ein Troll und ich bin nicht hier, um dir wehzutun, sondern um dir zu helfen.«

Brinique war die Erste, die ihre Stimme wiederfand. Sie kroch auf den Troll zu und sagte: »Ich bin Brinique. Das ist meine Schwester Davisa und das ist Tommy.«

»Ich freue mich, euch kennenzulernen. Habt ihr etwas zu essen?«, fragte Gamjee und leckte sich über die Lippen. »Ich hatte schon eine Ewigkeit kein menschliches Essen mehr.«

»Was macht ihr da?«, ertönte eine Stimme hinter ihnen.

Alle drei Kinder drehten sich schuldbewusst herum und sahen ihre Mutter hinter sich stehen.

»Wir reden mit Gamjee«, sagte Brinique mit einem breiten Lächeln.

»Gamjee?«, fragte Alabama Powers und kniete sich mit einem nachsichtigen Lächeln auf dem Gesicht zu ihren Kindern herunter.

»Ja, er ist ein Troll«, sagte Davisa aufgeregt zu ihrer Mutter.

»Wow, ein Troll? Wie sieht er aus?«

Brinique sah ihre Mutter stirnrunzelnd an. »Was meinst du? Er steht doch genau vor dir. Du kannst selbst sehen, wie er aussieht.«

Alabama sah in die Richtung, in die ihre Tochter gezeigt hatte. »Ich dachte nur, du möchtest ihn mir vielleicht beschreiben.«

Davisa lächelte und begann, ihrer Mutter zu erzählen, was sie wissen wollte. »Er hat einen wirklich großen Kopf mit einer seltsamen Delle obendrauf. Er hat rotbraunes Fell, eine spitze Nase und sehr rote Wangen. Außerdem ist er klein, sehr klein.«

»So klein nun auch wieder nicht«, murmelte Gamjee mürrisch.

Davisa ignorierte ihn und redete weiter. »Er hat große Füße und einen kugelrunden Bauch.« Mit einer Hand ahmte sie die Kontur vor ihrem eigenen Bauch nach. »Und er hat Hunger.«

Alabama lachte und stand auf. »Nun, es hört sich so an, als würde er keine Mahlzeit verpassen. Ich habe leider kein Trollfutter, aber möglicherweise finde ich noch eine Dose Thunfisch. Wollt ihr ihn fragen, ob er das essen möchte?«

»Ja«, entgegneten die Mädchen sofort.

»Igitt, Thunfisch«, antwortete Gamjee und runzelte die Stirn. »Warum glauben Menschen, dass wir gern Fisch essen, der schon seit Ewigkeiten in einer Dose ist? Ich würde Fast Food bevorzugen, aber fangfrischen Lachs würde ich auch probieren, wenn es mir angeboten würde.«

»Er mag keinen Thunfisch«, sagte Tommy sachlich zu Alabama.

»Ach nein?«, fragte Alabama. »Was mag er denn?«

»Fast Food.«

Alabama lächelte den Jungen an. »Fast Food ist ungesund für Menschen *und* für Trolle. Das tut mir leid. Was mag er sonst noch?«

Tommy wandte sich wieder dem Troll zu. »Sie sagt, dass Fast Food ungesund ist. Was magst du sonst noch?«

»Junge, glaubst du, ich bin taub?«, fragte Gamjee.

»Ich kann sie genauso gut hören wie du. Sie steht direkt neben dir.«

»Aber sie kann *dich* nicht hören«, sagte Tommy verwirrt.

Gamjee hob die Schultern. »Das liegt daran, dass sie denkt, ich sei dein imaginärer Freund. Es kommt nur sehr selten und nur zu besonderen Anlässen vor, dass Erwachsene eine von König Matunas Kreaturen sehen können.«

»König Matuna?«, fragte Davisa.

»Ja, es gibt Tausende von uns. Wir werden überall in die Welt hinausgeschickt, um Kinder zu beschützen, zu trösten, ihnen zu helfen und Gesellschaft zu leisten. Wenn wir unsere Quote erfüllt und vielen Kindern geholfen haben, dürfen wir uns unsere nächste Aufgabe selbst aussuchen ... zum Beispiel, dem Osterhasen zu helfen, als Weihnachtself zum Nordpol zu ziehen oder Träumemacher zu werden.«

»Was ist ein Träumemacher?«, fragte Davisa.

»Jemand, der Albträume in schöne Träume verwandeln kann«, sagte Gamjee.

»Als würdest du jemals in einem schönen Traum vorkommen«, sagte Tommy böse.

Gamjee starrte Tommy einen Moment lang an und sagte dann ruhig: »Sag deiner Mutter, dass für den Moment ein Glas Milch großartig wäre. Später kann sie mir ein paar Hotdogs machen und Oreo-Kekse besorgen.«

»Milch?«, rief Tommy aus. »Eklig!« Aber er wandte sich trotzdem Alabama zu. »Er sagt, fürs Erste reicht ein Glas Milch, später möchte er Oreo-Kekse und Hotdogs.«

»Vielleicht kann sie mir später auch ein Brot mit Erdnussbutter und Marmelade machen«, sagte Gamjee. »Das habe ich noch nie gegessen und ich würde fast alles dafür tun. Ich würde sogar einen irischen Volkstanz aufführen.«

»Du kannst tanzen?«, fragte Davisa.

Gamjee stemmte die Hände in die Hüften und drehte sich zu ihr um. »Glaubst du, nur weil ich klein und etwas dick bin, kann ich nicht tanzen? Ich möchte dich hiermit darüber aufklären, dass ich siebzehnhundertzweiundsechzig die irische Tanz-meisterschaft gewonnen habe.«

Tommy konnte nicht anders und musste bei dem Gedanken daran, dass diese pummelige Kreatur tanzen würde, lachen.

Er bemerkte nicht, wie Alabama ihn glücklich ansah. Er wusste nicht, dass es das erste Mal war, dass er lächelte oder sogar lachte, seit er eingezogen war.

Er wusste auch nicht, dass dieser kleine Anflug von Glück, den er vor Alabama zeigte, das erste Mal seit langer Zeit war, dass er keine Angst hatte oder sich Sorgen machte, was mit ihm passieren könnte.

»Ich hole ein Glas Milch für deinen kleinen Freund und einen Snack für euch. Geht nicht weg, ich bin gleich wieder da«, sagte Alabama zu den Kindern und strich mit einer Hand liebevoll über Davisas Kopf.

Die drei Kinder nickten geistesabwesend und starrten weiter auf den wirklich seltsam aussehenden Troll vor ihnen.

»Also ... ähm ... woher kommst du?«, fragte Tommy unsicher, als Alabama weg war.

»Aus Assbucket in Maine«, sagte Gamjee und leckte sich über den Mund.

»Oh nein, du hast ein böses Wort gesagt«, schalt Davisa den Troll und hob erschrocken ihre Augenbrauen.

»Oh ... ähm ... ja, tut mir leid«, sagte Gamjee reumütig.

»Maine? Das ist doch am anderen Ende des Landes«, sagte Tommy zu der Kreatur. »Du kannst nicht aus Maine sein. Das ist zu weit weg.«

»Nun, ich bin natürlich nicht gelaufen, Dummkopf«, sagte Gamjee.

»Wie bist du dann hierhergekommen?«, fragte Tommy verwirrt.

»Ich habe mich teleportiert«, sagte der Troll zu ihm.

»Was bedeutet das?«

»Magie, ich bin durch Zauberei hierhergekommen. Derselbe Grund, warum du mich hören und sehen kannst, aber Erwachsene nicht. Ich habe dir schon erzählt, dass König Matuna unser Herrscher ist. Er hört die Gebete und Wünsche aller Kinder auf der ganzen Welt und entscheidet, ob einer von uns geschickt wird. Normalerweise werde ich nicht ausgewählt. Das letzte Mal, dass ich Assbucket verlassen durfte, war neunzehnhundertzweiundvierzig ... nein ... vierundvierzig«, sagte Gamjee eilig, ohne sich darüber Gedanken zu machen, dass er die Kinder mit zu vielen Fakten überforderte.

Tommy, Davisa und Brinique starrten den Troll nur verwirrt an und sagten kein Wort.

»Seid ihr jetzt beknackt? Warum sagt keiner von euch etwas?«, fragte Gamjee. »Ihr starrt mich an, als hätte ich euch verhext.«

»Was bedeutet beknackt?«, flüsterte Davisa Brinique zu.

»Es bedeutet verrückt geworden«, erklärte Gamjee dem kleinen Mädchen und seufzte. »Doch es kommt lediglich darauf an, dass ich jetzt hier bin. Ich werde nicht für immer bleiben, aber ihr werdet mich brauchen. Ihr könnt mit mir sprechen, aber niemand sonst kann hören, was ich sage. Niemand außer euch wird mich sehen können. Wenn ihr versprecht, mich nicht zu treten«, er funkelte Tommy an, bevor er fortfuhr, »werde ich eine Weile hier abhängen. Könnt ihr eure Mutter bitten, mir gutes Essen zu bringen? Ich mag Kekse und Süßigkeiten. Alles klar?«

»Ja«, hauchte Brinique.

»Cool«, sagte Davisa.

»Sie ist nicht meine Mutter«, grummelte Tommy und verschränkte die Arme energisch vor seiner Brust.

»Ist das wichtig?«, fragte Gamjee lässig. »Ich meine, du wohnst hier, sie kocht für dich, gibt dir ein Dach über dem Kopf und beschützt dich.«

»Sie wird mich nicht besch...«

»Da bin ich wieder«, unterbrach Alabama Tommy. »Ein großes Glas Milch für deinen Freund.« Sie kniete sich hin und stellte ein Tablett vor dem Gebüsch ab, in dem Gamjee stand. »Meinen drei Lieblingskindern habe ich auch Limonade mitgebracht, falls sie Durst haben sollten.«

Davisa und Brinique quietschten vor Glück und

bückten sich, um zwei der Plastikbecher mit Limonade aufzuheben.

Alabama lächelte. »Geht es euch hier draußen gut?«

»Warum sollte es uns nicht gut gehen?« Tommy blickte Alabama finster an. »Wir sind keine Babys mehr. Wir können gut auf uns selbst aufpassen.«

»Ich mache mir nur Sorgen um euch«, sagte Alabama mit ruhiger Stimme. Anscheinend war sie nicht im Geringsten verärgert über Tommys Haltung.

»Du kannst dir Sorgen um diese beiden Babys machen, aber nicht um mich. Ich kann auf mich selbst aufpassen.«

»Ich bin kein Baby«, sagte Brinique.

»Ja, wir sind keine Babys«, wiederholte Davisa.

»Ich weiß, dass du älter bist, Tommy«, sagte Alabama zu dem Jungen und legte ihren Arm um Davisa, »und du bist es gewohnt, auf dich selbst aufzupassen. Ich fühle mich besser, wenn ich weiß, dass du bei den Mädchen hier draußen bist und auf sie aufpasst.«

»Mom, er passt nicht auf uns auf«, protestierte Brinique. »Er hat uns ignoriert und uns mit Steinen beworfen.«

»Was habe ich dir übers Petzen gesagt, Schätzchen?«, fragte Alabama ihre älteste Tochter mit gleichmäßiger Stimme. »Es ist keine schöne Sache. Er hat vielleicht Steine nach euch geworfen, aber ich habe gesehen, wie du einen aufgehoben und zurückgeworfen hast. Ein Unrecht hebt das andere nicht auf.«

»Ha, erwischt, kleines Mädchen«, sagte Gamjee und hob den Kopf von dem Milchglas, aus dem er lautstark geschlürft und dafür gesorgt hatte, dass ihm kein einziger Tropfen entging.

»Sei leise, Gamjee«, konterte Brinique wütend.

»Also, wie seid ihr auf den Namen Gamjee gekommen?«, fragte Alabama und versuchte offensichtlich, sie von einem aufkeimenden Wutanfall abzulenken. Durch seine Magie sah sie nicht, dass der kleine Troll das Milchglas anhob und daraus trank.

»Er hat es uns erzählt«, sagte Davisa.

»Es ist ein schöner Name«, sagte Alabama und lächelte, als sie wieder aufstand. »Noch zehn Minuten, dann ist es Zeit reinzukommen, etwas zu essen und dann eure Hausaufgaben zu machen.«

Die Kinder und der Troll beobachteten, wie Alabama ins Haus zurückging.

Gamjee wusste, dass die Frau die ganze Zeit an einem Tisch neben dem großen Fenster mit Blick auf den Vorgarten saß. Sie las nicht wirklich in dem Buch, das vor ihr lag, sondern behielt ihre spielenden Kinder im Auge und vergewisserte sich, dass es ihnen gut ging.

»Also, was ist los, Tommy? Sie scheint mir eine nette Frau zu sein. Glaube mir, in meinen fünftausenddreiundsiebzig Jahren habe ich einige Leute kennengelernt, die nicht so nett waren.« Gamjee griff das Thema wieder auf, über das Tommy und er sich unterhalten hatten, bevor Alabama nach draußen gekommen war.

»Meine Mutter ist tot.«

»Das tut mir leid«, sagte Gamjee und legte die Hände hinter seinen Rücken. Sein riesiger Bauch ragte hervor. »Ich hatte noch nie eine Mutter, also weiß ich nicht genau, was du durchmachen musst, aber ich hatte zweitausend Jahre lang einen wirklich guten Freund in Assbucket. Er war sehr beliebt und König Matuna hat ihn immer auf Missionen geschickt. Nachdem er vielen Kindern geholfen hatte, hat er sich zurückgezogen und seit mindestens eintausend Jahren habe ich ihn nicht mehr gesehen. Er war einer meiner besten Freunde und ich vermisse ihn. Sein letzter Auftrag war, einem kleinen Mädchen zu helfen, das seine ganze Familie verloren hatte, als eine Lawine das Haus überrollt hat.«

Tommy antwortete nicht, aber er sah zum ersten Mal verunsichert aus.

Brinique saß im Schneidersitz neben ihnen auf dem Boden und sagte mit leiser Stimme: »Davisas und meine leibliche Mutter war nicht nett zu uns. Sie hat uns immer geschlagen und in unser Zimmer gesperrt.«

»Und es war ihr egal, wenn gruselige Männer in unser Zimmer kamen«, fügte Davisa hinzu und setzte sich ganz dicht neben ihre Schwester.

Tommy drehte den Kopf herum und sah die beiden Mädchen intensiv an. »Gruselige Männer sind in euer Zimmer gekommen? Haben sie euch auch angefasst?«

»Einmal«, sagte Brinique mit leiser Stimme. »Ein Mann hat seine Hand unter mein Hemd geschoben und gesagt, ich sei hübsch. Aber das war alles, was er getan hat.« Sie merkte nicht, wie Gamjee näher gekommen war und seine kleine Hand auf ihre Schulter gelegt hatte.

»Ich erinnere mich nicht mehr«, sagte Davisa. »Aber Bri hat mir erzählt, dass ein Mann mich am Arm festgehalten und versucht hat, mein Hemd auszuziehen.« Jetzt ging Gamjee zu ihr und strich ihr mit einer Hand über den Kopf und den Rücken.

»Was ist passiert?«, flüsterte Tommy und beugte sich zu seinen Schwestern, ohne zu bemerken, was er tat.

Brinique hob die Schultern. »Unsere Mutter hat uns angeschrien und wir haben uns in unserem Zimmer versteckt. Es hat danach nicht mehr lange gedauert, bis die Polizei kam und uns mitgenommen hat. Dann sind wir zu unseren neuen Eltern gekommen.«

»Woher wisst ihr, dass sie nicht dasselbe tun werden?«, fragte Tommy leise.

»Daddy ist ein SEAL«, erwiderte Brinique.

»Er kann sich in einen Seehund verwandeln? Cool!«, sagte Gamjee. »Ich habe schon lange keinen seiner Art mehr getroffen.«

»Nein, Dummkopf, kein Seehund«, verbesserte Tommy ihn. »Ein Navy SEAL. Das heißt aber nicht, dass er dich nicht verletzen wird«, beharrte Tommy. »Jeder Mann oder jede Frau kann gewalttätig werden. Er mag jetzt nett sein, aber er kann sich ändern.«

»Mommy ging es wie uns«, sagte Davisa ernst und schüttelte den Kopf. »Sie hat es uns erzählt. *Ihre* Mutter hat sie immer in einen Kleiderschrank eingesperrt. Sie durfte nichts sagen. Sie durfte nicht viel essen.«

Brinique fuhr mit der Geschichte ihrer Schwester fort. »Sie wurde aber nicht von einer netten Mom adoptiert. Sie wurde geschlagen, musste hungern und ihre Mutter hat jeden Tag böse Dinge zu ihr gesagt, bis sie fast erwachsen war. Nachdem sie Daddy Abe geheiratet hatte, wollte sie Kindern wie uns helfen, die böse Eltern hatten.«

Die Kinder schwiegen für einen Moment und ließen Briniques Worte sacken.

»Vermisst ihr eure Mutter? Eure *echte* Mutter?«, fragte Tommy leise mit einer Stimme, die kaum lauter als ein Flüstern war und die seine Schwestern noch nie zuvor von ihm gehört hatten.

»Nein«, sagte Brinique sofort.

»Und du?«, fragte Davisa zurück.

Tommy nickte. »Ja, manchmal. Und ich vermisse meinen Vater, wie er früher gewesen ist, als sie noch gelebt hat.«

»Ich vermisse Erasto«, sagte Gamjee von Briniques Seite. »Er war mein Freund. Es war ihm egal, dass mein Körper mit Fell bedeckt ist oder dass ich eine spitze Nase und spitze Ohren habe, die nicht zusammenpassen. Er hat immer mit mir gespielt und sein Essen und seine Geschenke mit mir geteilt, die er nach einem erfolgreichen Auftrag mitgebracht hatte.«

Für einen Moment herrschte Stille, bis Alabama die Haustür öffnete und den Kindern zurief: »Kommt schon, Kinder, es ist Zeit reinzukommen.«

Tommy und die Mädchen standen auf. Tommy wandte sich an Alabama und versuchte, so traurig und erbärmlich wie möglich auszusehen. Er drückte sogar eine Träne heraus, als er sie anflehte: »Darf Gamjee mit reinkommen und in meinem Zimmer bleiben?«

Er konnte sehen, wie Alabama sehr genau darüber nachdachte, was sie antworten sollte. Er erinnerte sich daran, was Brinique und Davisa über die Frau gesagt hatten, dass sie auch eine gemeine Mutter gehabt hatte, und tat etwas, was er seit Jahren nicht mehr getan hatte.

Er fragte höflich: »Bitte?«

»Okay«, gab Alabama mit leiser Stimme nach. »Aber ich bin sicher, dass dein kleiner Freund nach einer Weile wahrscheinlich Heimweh bekommen wird und zurück nach Hause will. Vielleicht hat er sich auch nur verlaufen. Wenn er also gehen will, musst du ihn ohne Widerworte gehen lassen, okay?«

Alle drei Kinder nickten eifrig.

»Er hat sich nicht verlaufen. Er kommt aus

Assbucket in Maine«, meldete sich Davisa zu Wort, als sie zur Haustür gingen.

»Davisa Powers, pass auf, was du sagst«, ermahnte Alabama sie mit nicht sehr harter Stimme.

»Was denn? Er hat uns selbst erzählt, dass er von dort kommt«, protestierte das kleine Mädchen.

»Das ist mir egal. Solche Worte verwenden wir in diesem Haus nicht. Entschuldige dich.«

»Es tut mir leid.«

Tommy spannte sich an und erwartete, dass ihre Mutter weiterschimpfte. Er war überrascht, als Alabama sich stattdessen zu Davisa hinunterbeugte und sie auf den Kopf küsste. »Danke, mein Schatz, vergeben und vergessen. Und jetzt waschen sich alle die Hände, bevor es etwas zu essen gibt.«

Der schwarze Kloß erstickenden Schleims, der sich in ihm ausgebreitet hatte, seit Tommy begriffen hatte, dass sein Vater Geld von den bösen Männern genommen hatte, die er in dem Wohnwagen in sein Schlafzimmer ließ, schrumpfte bei Alabamas zarten Worten um einiges zusammen.

Sie hatte die Tatsache, dass Davisa etwas getan hatte, was sie nicht hätte tun sollen, bereits abgetan, als wäre es ihr längst egal. Sie hatte sich nur zu entschuldigen brauchen und Alabama hatte sich wieder in die nette Frau verwandelt, die er seit seiner Ankunft sah.

Tommy hatte sich so lange daran gewöhnt, mit dem schrecklichen Gefühl des schwarzen Schleimballs zu leben, dass er fast vergessen hatte, wie es sich anfühlte, frei davon zu sein.

Er folgte Brinique und Davisa ins Haus, um sich die Hände zu waschen, und weigerte sich, intensiver darüber nachzudenken, was das alles bedeutete.

Gamjee starrte zu der Frau auf, die im Flur stand, als die Kinder ins Badezimmer gingen. Sie zog ihr Handy heraus, drückte auf das Display und hob es an ihr Ohr. Gamjee hörte zu, ohne sich zu schämen, die Frau auszuspionieren.

»Hallo Schatz, nein, es ist alles in Ordnung. Ich rufe nur an, um dir mitzuteilen, dass deine Kinder in den Büschen im Vorgarten einen imaginären Freund gefunden haben ... Ja, anscheinend ist es ein Troll, den sie Gamjee genannt haben. Ich weiß es nicht genau, aber ich denke, im Moment ist es in Ordnung. Ich glaube, Tommy hat damit angefangen. Vielleicht als Scherz, aber Brinique und Davisa machen voll mit. Ich weiß nicht, ob ich es ertragen kann, wenn Tommy ihnen mitteilt, dass ihr kleiner Freund gegangen ist, und sie zum Weinen bringt ...«

Alabama redete weiter mit ihrem Ehemann.

Liebe und Respekt waren aus ihrer Stimme herauszuhören. Gamjee wusste, dass sie ihn nicht hören konnte, sagte aber trotzdem: »Mach dir keine Sorgen, Alabama ... wenn die Zeit reif ist, werden deine Kinder bereit sein, mich gehen zu lassen. Ich habe alles unter Kontrolle.«

Gamjee war sich seiner Sache selbst nicht so sicher, immerhin war es über siebzig Jahre her, dass König Matuna ihn auf eine Mission geschickt hatte. Aber er würde ihn nicht enttäuschen. Außerdem bedeutete jede erfolgreich abgeschlossene Mission, dass er seinem einzigen Freund Erasto wieder einen Schritt näher kam. Er hatte so viele Missionen abgeschlossen, dass er sich seine Aufgaben jetzt selbst aussuchen durfte. Wenn die Gerüchte, die er gehört hatte, stimmten, war er derzeit der Assistent des Weihnachtsmanns und liebte es.

KAPITEL DREI

»Wach auf, Tommy«, sagte Gamjee und tätschelte dem kleinen Jungen die Wange.

Tommy stöhnte und drehte sich auf dem kleinen Bett um.

Gamjee drückte die Schulter des kleinen Jungen und versuchte, ihn langsam aufzuwecken, ohne ihn zu erschrecken.

»Was ist los? Wo bin ich?«, fragte Tommy benommen.

»Du bist in Sicherheit, in Alabamas und Abes Haus«, sagte Gamjee zu ihm. »Erinnerst du dich?«

Tommy stöhnte erneut und rollte sich zusammen, ohne zu antworten.

»Wovon hast du geträumt?«, fragte der Troll. »Erasto hatte einmal einen verrückten Traum.

Natürlich können verrückte Dinge passieren, wenn eine der Kreaturen von König Matuna einen schlechten Traum hat.«

Tommy öffnete die Augen und fragte: »Zum Beispiel?«

»Mal sehen ... einmal sind alle Glühbirnen in meinem Haus gleichzeitig explodiert«, sagte Gamjee ruhig. »Oder ein anderes Mal ist Shengis in seiner Wolfsform aufgewacht und sein Fell war grün anstatt wie üblich schwarz.«

Tommy setzte sich im Bett auf und rieb sich den Schlaf aus den Augen. »Ist das wirklich passiert?«

»Natürlich«, sagte Gamjee zu ihm.

»Es gibt keine Werwölfe.«

»Also gibt es auch keine sprechenden Trolle?«, fragte Gamjee und verdrehte die Augen. »Hör zu, Junge, nur weil du etwas noch nie gesehen oder erlebt hast, heißt das nicht, dass es nicht existiert oder nicht passieren kann.«

Tommy, der von seinem Traum immer noch verwirrt aussah, fragte: »Kannst du mir mehr über deine Welt erzählen?«

»Du meinst Assbucket in Maine? Das ist auch deine Welt. Es ist in den USA, genau wie Kalifornien«, sagte Gamjee und sah auf seine viel zu langen Fingernägel hinunter.

»Du sollst dieses Wort doch nicht aussprechen«, sagte Tommy zu ihm.

»Oh, entschuldige. Wie auch immer, okay, mal sehen ... also du kennst schon König Matuna, unseren Herrscher. Alle Tiere in unserer Welt haben besondere Fähigkeiten.«

»Wie, dass sie sprechen können?«

»Natürlich können sie sprechen«, sagte Gamjee ungeduldig und fuchtelte mit der Hand in der Luft. »Aber das meine ich nicht. Halasuwa hat zum Beispiel die Fähigkeit, die Gedanken der Kinder zu lesen, denen sie helfen soll, und Ekon kann fliegen.«

»Beeindruckend«, sagte Tommy mit großen Augen. »Also du bist ein Troll und dann gibt es noch Werwölfe und fliegende ... was auch immer. Was sonst noch?«

Gamjee legte sich auf das Bett und stupste Tommy an, damit auch er sich wieder hinlegte. »Habe ich schon Roger den Hasen erwähnt?«

»Aus dem Film?«, fragte Tommy ehrfürchtig.

»Welcher Film?«, fragte Gamjee verwirrt. »Roger ist in einem Film?«

»Das ist ein Zeichentrickfilm«, stellte Tommy klar.

»Dann nein, der Roger, von dem ich spreche, ist so real wie du und ich. Er ist zwei Meter groß und einer von König Matunas Favoriten. Er kann nicht nur sprechen, sondern kann auch schneller laufen, als jedes Auto in deiner Welt fahren kann. Außerdem ist er kugelsicher«, sagte Gamjee.

»Das klingt großartig«, hauchte Tommy. »Wieso wurde er nicht zu mir geschickt?«

Gamjee runzelte die Stirn. Er war sich bewusst, dass er nicht der imaginäre Freund war, von dem die meisten Kinder träumten, aber er konnte sich behaupten … verdammt. »Darum!«, sagte er etwas mürrischer als beabsichtigt. Bei dem Versuch, das Thema zu wechseln, fügte er hinzu: »Sei froh, dass du nicht Petunia abbekommen hast.«

»Wer ist Petunia?«, fragte Tommy.

»Nicht wer, was. Sie ist ein Stinktier.«

»Wie in Bambi?«

»In was?«, fragte Gamjee.

»In Bambi, dem Film. Wurde sie nach dem Stinktier in dem Film benannt?«

»Natürlich nicht. Petunia gab es schon lange vor dem Film«, spottete der Troll.

Tommy war für eine Sekunde verwirrt, schüttelte aber den Kopf und stützte sich auf einen Ellbogen, um seine Fragen fortzusetzen. »Stinkt sie?«

»Nein, nur wenn sie pupst. Mit einem kleinen

Pupser kann sie ein Zimmer innerhalb von Sekunden räumen«, sagte Gamjee.

Tommy lachte, so wie der Troll es beabsichtigt hatte. Für kleine Jungen gibt es nichts Lustigeres, als über Pupse zu reden. »Ich würde gern in deiner Welt leben«, sagte Tommy schläfrig, nachdem er sich wieder hingelegt hatte. »Da gibt es keine bösen Männer, die mir wehtun können.«

Gamjee wusste, dass es auch in seiner Welt viele Dinge gab, die furchterregend waren, wie die Nachbesprechungen, an denen die Kreaturen nach ihren Missionen teilnehmen mussten. Aber die Dinge, die sich die Menschen gegenseitig antaten, und die Dinge, die sie einem Kind antun konnten, waren wirklich schrecklich. Natürlich würde er Tommy keine *dieser* Geschichten erzählen. Es war für ihn selbst schlimm genug, daran denken zu müssen.

Gamjee sagte leise: »Ich glaube, dass du hier an einem sicheren Ort bist, Tommy. Alabama und Abe scheinen sehr nett zu sein.«

»Sie werden mich nicht behalten.«

»Warum nicht?«, fragte der Troll.

Tommy zuckte mit den Schultern. »Keine der anderen Familien wollte mich behalten. Niemand will so ein altes Kind wie mich haben. Niemand will ein Kind, das … verletzt wurde. Sie wollen nur die kleinen Kinder.«

»Brinique und Davisa waren nicht klein, als sie hierherkamen«, sagte Gamjee, neigte den Kopf und zuckte mit seinen spitzen kleinen Ohren.

»Kleiner als ich«, beharrte Tommy.

»Du hattest bisher ein beschissenes Leben«, sagte Gamjee entschlossen, »und es klingt für mich so, als bräuchtest du eine Pause. Ich bin der festen Überzeugung, dass Alabama und Abe dich behalten wollen.«

»Vorerst vielleicht«, sagte Tommy traurig, »aber warte nur, bis ich es vermassle.«

»Hast du vor, es zu vermasseln?«, fragte der Troll.

»Nein, aber es passiert jedes Mal. Ich verliere manchmal die Beherrschung.«

»Na ja, sag einfach, dass es dir leidtut, wenn es passiert. Sie werden dir vergeben. Ich vermassle ständig Dinge und König Matuna vergibt mir jedes Mal«, sagte Gamjee sachlich.

Tommys Stimme wurde leiser, als er langsam wieder einschlief. »Ich vermisse meine Mom.«

Gamjee war nicht die einfühlsamste Kreatur in Assbucket, aber er tat sein Bestes, um den kleinen Jungen zu trösten.

»Ich vermisse meine Mom auch«, sagte Gamjee mit leiser Stimme.

»Ich dachte, du hattest keine Mutter?«, murmelte Tommy.

»Ich vermisse es, eine Mom *zu haben*«, beharrte Gamjee.

Nachdem einige Minuten vergangen waren, kam ein leises Schnarchen aus Tommys Richtung. Gamjee hatte eine seiner Fähigkeiten eingesetzt, um dem kleinen Jungen einen traumlosen Schlaf zu geben.

Gamjee brauchte keinen Schlaf. Keine der Kreaturen von König Matuna brauchte Schlaf, wenn sie bei einem Einsatz waren. Der Troll lag neben Tommy auf dem Bett und sorgte dafür, dass er sich auch im Schlaf sicher fühlte. Laut dachte er nach: »Ich muss diesen Jungen genau im Auge behalten.«

Tommy dabei zu helfen, zu heilen, war das eine, aber ihn davor zu bewahren, erneut verletzt zu werden, war eine andere Herausforderung.

»Christopher, ich mache mir Sorgen um Tommy«, sagte Alabama am nächsten Morgen zu ihrem Mann.

»Ich weiß, ich auch, Süße. Aber er ist stark und er hat uns und seine Schwestern. Er wird es schaffen. Erinnerst du dich noch, wie schwer es für Brinique und Davisa war, uns zu vertrauen, als sie zu uns gekommen sind? Sie haben viel Zeit zusammengekauert in ihrem Zimmer verbracht und sich versteckt. Du hast gedacht, sie würden niemals rauskommen und mit uns reden. Er braucht etwas Zeit, das ist alles.« Abe zog seine Frau in eine Umarmung. »Der Anpassungsprozess nach einer Adoption ist für ältere Kinder viel schwieriger als bei Kleinkindern. Das wussten wir.«

»Ich weiß, ich weiß. Ich kann nicht glauben, dass sein eigener Vater zugelassen hat, dass sein Sohn vergewaltigt wird, und dafür auch noch Geld genommen hat.«

Abe seufzte und kniff die Augen zusammen. »Wenn ich seinen Vater in die Hände bekomme, bringe ich ihn um. Ich weiß, die anderen Männer hätten kein Problem damit, mir zu helfen. Wenn er jemals aus dem Gefängnis kommt, könnte Tex ihn innerhalb von Sekunden aufspüren.«

»Aber dann müsste ich anschließend dich im Gefängnis besuchen«, sagte Alabama und legte ihre Arme um seinen Hals. »Ich genieße es zu sehr, in deiner Nähe zu sein, um das zu riskieren.«

»Du hast wohl kein Vertrauen, Frau. Ich würde natürlich nicht erwischt werden, wenn Wolf und die anderen mir den Rücken frei halten.«

Alabama seufzte, schloss die Augen und legte ihren Kopf auf Abes Brust. »Ich ... ich erkenne mich in Tommy wieder und ich möchte ihn gern festhalten und ihm sagen, dass alles in Ordnung kommen wird. Er ist einfach so verletzlich, dass ich es kaum aushalten kann.«

»Er wird es schaffen, Alabama. Er ist stark. Genau wie du. Gib ihm etwas Zeit.«

»Ich habe die Befürchtung, dass wir seine letzte Chance sein könnten, darüber hinwegzukommen. Ich könnte es nicht ertragen, wenn das nicht funktioniert, Christopher.«

Abe hielt Alabama weiterhin fest. Er sagte nichts, sondern wiegte sie in seinen Armen.

»Wenn sein Vater jemals aus dem Gefängnis kommt und denkt, dass er ihn zurückbekommen kann, muss er erst an mir vorbei«, sagte Alabama mit leiser, aber stahlharter Stimme. Sie umklammerte Abes Hemd auf seinem Rücken, als sie gegen die Wut ankämpfte, die bei dem Gedanken daran, dass sein leiblicher Vater ihm auch nur einen Schritt zu nahe kommen könnte, in ihr aufkeimte.

Abe zog sich zurück und legte seine Hände an

Alabamas Hals. Mit seinen großen Fingern streichelte er sie und mit den Daumen drückte er sanft ihr Kinn nach oben, sodass sie keine andere Wahl hatte, als ihm in die Augen zu sehen. »Falsch, er wird niemals auch nur in deine Nähe kommen. Davor muss er an mir vorbei, und Wolf und Dude und Benny und Cookie und Mozart. Und wahrscheinlich sogar an Tex. Wahrscheinlich könnte ich auch noch auf die Unterstützung einiger Delta Force-Soldaten setzen, die ich kenne«, sagte Abe zu seiner Frau in einem Ton, der keine Zweifel zuließ.

»Ich liebe dich, Christopher. Danke, dass du mich nicht für verrückt erklärst, weil ich Kinder adoptieren will, die niemand will.«

»Ich liebe dich auch, Süße. Und es gibt jemanden, der sie will ... uns.«

KAPITEL VIER

Zum fünften Mal in Folge hatte Tommy die ganze Nacht durchgeschlafen. Seit einer Woche hatte er keine Albträume mehr gehabt, was an ein Wunder grenzte. Seit er zum ersten Mal belästigt worden war, war er jede Nacht schweißgebadet aufgewacht. Doch seit dieser seltsame kleine Troll das Bett mit ihm teilte, konnte er wieder durchschlafen.

Irgendwie wusste er, dass Gamjee etwas damit zu tun hatte. Er hatte keine Ahnung, wie er es machte, aber er würde sich nicht beschweren.

Sein Leben bei Christopher und Alabama Powers war eigentlich ... schön. Er hatte zuvor keine Geschwister gehabt, aber so langsam fing er an, sich mit Brinique und Davisa anzufreunden. Sie nervten ihn nicht und nahmen ihm nicht seine Sachen weg, was eine enorme Verbesserung zu den Kindern in den anderen Pflegefamilien war.

Alles lief so gut, dass es ihn nervös machte. Wenn in der Vergangenheit die Dinge in seinem Leben gut liefen, ging kurz darauf alles den Bach runter.

»Ich habe Hunger«, sagte Gamjee zu Tommy, als er sah, dass der Junge wach war.

»Du hast immer Hunger«, erwiderte er gelassen.

»Das stimmt. Was glaubst du, wird es zum Frühstück geben?«

»Wahrscheinlich das Gleiche, was es gestern gab und vorgestern und vorvorgestern«, erklärte Tommy dem übergewichtigen kleinen Troll mit einem Lachen.

»Ich hoffe immer noch, dass es einmal Speck und Pfannkuchen gibt«, meckerte Gamjee.

Tommy verdrehte die Augen und stieg aus dem Bett.

»Heute ist Freitag, oder?«, fragte Gamjee und folgte Tommy über den Flur ins Badezimmer.

»Ja.«

»Und am Wochenende fahren wir an den Strand.«

Der Troll hatte nicht wirklich gefragt, sondern ihn nur erinnert.

Tommy seufzte, als er die Badezimmertür hinter Gamjee und sich schloss. Er hatte den bevorstehenden Ausflug ganz vergessen. Alabama hatte ihm Anfang der Woche erzählt, dass sie das Wochenende in einem Haus am Strand in der Nähe des Navy-Stützpunktes zusammen mit Christophers Kollegen und ihren Familien verbringen würden – insgesamt zwanzig Männer, Frauen und Kinder.

Das klang für ihn wie ein Albtraum, aber er wusste, dass er keine Wahl hatte. Es war nicht so, als würde Alabama ihm erlauben, allein zu Hause zu bleiben.

»Das nehme ich an.«

»Das nimmst du an?«, wunderte sich Gamjee. »Du weißt aber, was es am Strand gibt, oder?«

Mit dem Mund voller Zahnpasta fragte Tommy: »Nein, was?«

»Meeresfrüchte!«

Tommy verdrehte die Augen, spuckte die Zahnpasta ins Waschbecken und spülte den Mund aus. So sehr er den hässlichen kleinen Troll auch mochte und es ihm gefiel, mit ihm zu sprechen, wurde es mit der Zeit langsam nervig, dass er immer übers Essen redete. Es klang verrückt, dass ein Troll, den Erwachsene nicht hören konnten, jemals nervig werden könnte, aber in dieser Hinsicht ging Gamjee ihm wirklich auf die Nerven.

Tommy spürte, wie der Ärger in ihm aufstieg und unter seiner Haut zu kochen anfing. Er zischte: »Ich weiß nicht, warum dich das interessiert. Alabama und Abe können dich weder sehen noch hören und sie interessieren sich nicht dafür, wer du bist oder wo du herkommst. Es ist nicht so, als ob ...«

»Ich komme aus Assbucket, Maine«, unterbrach Gamjee ihn.

Wütend darüber, dass der Troll ihn nicht aussprechen ließ, trat Tommy frustriert nach ihm.

Wie schon beim letzten Mal, als er versucht hatte, den Troll zu treten, wurde Tommys Fuß mitten in der Luft gestoppt. Diesmal war er aber verdreht, als würde eine unsichtbare Hand ihn umdrehen.

Tommy drehte seinen Körper in dieselbe Richtung, um zu verhindern, dass sein Bein schmerzte, und schaute schließlich in den Spiegel. Mit den Händen stützte er sich auf dem Waschtisch ab und beugte sich leicht nach vorne. Er kochte vor Wut, Frustration und Schmerz. »Lass mich los!«

»Wirst du mich wieder treten?«, fragte Gamjee unbeeindruckt, als er auf den Toilettendeckel kletterte und die Arme vor der Brust verschränkte.

»Nein«, antwortete der Junge streitlustig.

Sobald er das Wort ausgesprochen hatte, ließ der Troll sein Bein frei. Tommy wirbelte herum und beendete seinen Satz von vorhin. »Es ist nicht so, als würde sich jemand einen Dreck um dich kehren. Sogar dein ach so kostbarer König hält dich für einen Versager. Du hast selbst gesagt, dass du seit Jahren nicht mehr für eine Mission ausgewählt wurdest. Du bist fett, hässlich und dumm.«

Der schwarze Schleimkloß schwoll wieder an und schnürte ihm die Kehle zu, was ihn dazu brachte, um sich schlagen zu wollen und dem Troll die gleichen Schmerzen zuzufügen, die er empfand.

Gamjee betrachtete den kleinen Jungen aufmerksam. »Ist es das, was dir widerfahren ist?«

Tommy spürte, wie ihm das Blut aus dem Gesicht wich. »Halt die Klappe.«

»Du bist weder fett noch hässlich. Und ich glaube nicht, dass du dumm bist. Vielleicht haben dich die Pflegeeltern, bei denen du zuvor warst, nicht wirklich verstanden.«

»Ich sagte, du sollst die Klappe halten«, forderte Tommy und das Blut schoss in einer Hitzewelle zurück in sein Gesicht.

Plötzlich klopfte es an der Tür und Tommy riss

sie auf, überaus froh, von Gamjee wegzukommen. »Was?«

»Du sollst nicht so reden«, sagte Brinique zu ihrem Pflegebruder. Offensichtlich hatte sie gehört, was er zu dem Troll gesagt hatte. »Mommy mag das nicht.«

»Das ist mir egal und du kannst auch die Klappe halten«, sagte Tommy. Er schob sich an ihr vorbei, aber nicht, ohne sie dabei absichtlich anzurempeln. Das kleine Mädchen verlor das Gleichgewicht und stieß mit der Schulter gegen die Wand neben der Tür.

»Aua! Pass doch auf«, stöhnte sie, während sie ihre schmerzende Schulter massierte.

Tommy bemerkte nicht einmal, wie sie ihn böse ansah, als er den Flur hinunter in sein Zimmer stampfte. Er vergewisserte sich, dass Gamjee noch im Flur war, bevor er die Tür so fest er konnte hinter sich zuschlug.

Aber als er sich umdrehte, sah er den Troll auf seinem Bett sitzen, als hätte er die ganze Zeit dort auf ihn gewartet.

»Verdammt«, knurrte Tommy. »Wie bist du hier reingekommen?«

»Magie«, sagte Gamjee mit einem Grinsen.

Tommy versuchte, den Troll zu ignorieren, und

ging zur Kommode. Er zog eine dunkelblaue Jeans mit albernen Streifen auf den Gesäßtaschen heraus, die seine letzte Pflegemutter für ihn gekauft hatte. Die Hose sah bescheuert aus und er hasste sie. Dann holte er das T-Shirt heraus, das er besaß, seit er sechs war. Es war abgenutzt und zu klein, aber Tommy war es egal. Es war das Einzige, was ihm aus seinem »alten« Leben geblieben war. Einem Leben, das er zugleich hasste und vermisste.

Er zog absichtlich keines der Kleidungsstücke an, die Alabama und Abe für ihn besorgt hatten. Er wollte auf jede erdenkliche Weise gegen sie rebellieren.

»Ich hatte seit Jahren keine Meeresfrüchte mehr«, überlegte Gamjee laut. »Ich hätte gern Hummer mit Butter. Oh, und ein paar Kokosgarnelen, vielleicht auch ein paar Krabben.«

»Herrgott!«, schrie Tommy und legte die Hände über die Ohren. »Anfangs fand ich es cool, mit dir reden zu können, jetzt nervt es nur noch. Ich werde jetzt frühstücken und dann kann ich es kaum erwarten, zur Schule zu gehen, um von dir wegzukommen.« Mit diesen Worten stampfte Tommy aus dem Zimmer.

Gamjee grinste und schloss die Augen, um mit seinem König zu sprechen. Matuna sah und hörte immer zu, wenn eine seiner Kreaturen Rat oder Beistand brauchte. »Das hat ja nicht sehr lange gedauert.«

»Natürlich nicht. Mission eins erfüllt, der Junge *möchte* wieder zur Schule gehen«, stimmte König Matuna zu.

»Die anderen Punkte werden nicht so einfach werden.«

Matuna wurde nüchtern. »Nein, werden sie nicht. Aber am Wochenende wirst du die nächsten beiden abhaken können.«

»Ja.« Gamjee schwieg einen Moment und fragte dann: »Nächste Woche wird es so weit sein, oder?«

»Richtig«, sagte König Matuna. »Er wird bereit sein.«

»Bist du sicher?«, fragte Gamjee nervös. »Er ist noch nicht sehr lange hier. Ich bin mir nicht sicher, ob er sich ausreichend eingewöhnt hat. Wenn er keine Verbindung zu Alabama, Abe, Brinique und Davisa aufbaut, wird es nicht funktionieren. Er wird nicht bereit sein.«

»Er wird bereit sein«, wiederholte der König hartnäckig.

Gamjee war nicht überzeugt, nickte aber trotzdem.

»Los jetzt, sonst verpasst du das Frühstück«, sagte König Matuna zu Gamjee.

Nickend hüpfte der Troll vom Bett, schloss die Augen und teleportierte sich in die Küche, um nachzusehen, ob er sich etwas von den köstlich riechenden Eiern schnappen könnte, die Alabama für ihre Kinder zubereitete.

KAPITEL FÜNF

»Also, Tommy, ich möchte nicht, dass du dich überfordert fühlst«, sagte Alabama zu dem Jungen auf dem Rücksitz. Sie saßen in ihrem Familienwagen und waren auf dem Weg an die Küste. Abe fuhr und Alabama saß neben ihm. Sie hatte sich nach hinten umgedreht und ihre Hände ruhten auf der Armlehne zwischen den Sitzen. Tommy wollte die Augen verdrehen, aber der Gedanke an seine leiblichen Eltern, die das Gleiche getan hatten, als er noch sehr klein war, hinderte ihn daran, etwas Derartiges zu tun.

»Es werden viele Leute da sein, aber das Haus ist riesig. Du wirst dein eigenes Zimmer haben, da du der älteste Junge bist.«

»Großartig, ein Haus voller Babys«, meckerte

Tommy.

»Sieh mich an, Tommy«, befahl Abe und wandte den Blick von der Straße vor ihnen auf den Rückspiegel.

Widerwillig hob Tommy den Kopf und traf Abes Blick im Spiegel. Der Mann benutzte diesen Ton nicht oft mit ihm, aber wenn er es tat, wusste Tommy, dass er besser gehorsam sein sollte. Er hatte nicht wirklich Angst ... aber er wollte sein Glück auch nicht herausfordern.

»Ich weiß, das ist alles neu für dich und du bist verunsichert. Und es ist in Ordnung, wenn du so empfindest. Ich werde allerdings nicht zulassen, dass du Alabama oder deinen Schwestern gegenüber respektlos bist ... oder irgendjemandem, der dieses Wochenende mit uns verbringen wird. Alabama hat dir gesagt, dass du dein eigenes Zimmer haben wirst. Sie hat dir aber nicht gesagt, was sie dafür aufgegeben hat, damit du dieses Zimmer für dich allein haben kannst. Das Zimmer, in dem du schlafen wirst, wäre normalerweise unser Schlafzimmer. Alabama war es aber wichtiger, dass du dich sicher und wohl fühlst, also werden wir auf der Ausziehcouch im Wohnzimmer schlafen.«

Tommy holte überrascht Luft und sah die Frau auf dem Beifahrersitz an. Sie sah ihn nicht an, sondern starrte aus dem Fenster auf die vorbeiziehende Landschaft.

»Christopher«, sagte sie mit leiser, flehender Stimme, »lass es gut sein.«

»Nein, Süße, er muss es wissen«, erwiderte Abe.

Tommy sah, wie er die Hand seiner Frau drückte, bevor er ihn wieder durch den Rückspiegel ansah.

»Ja, wir schlafen auf der Couch im Wohnzimmer und du hast ein großes Schlafzimmer für dich allein. Alabama wollte sichergehen, dass du einen Rückzugsort hast, um dem Trubel entkommen zu können, wenn es sein muss. Brinique und Davisa werden sich ein Zimmer mit Etagenbetten mit Sara und John teilen. Sie sind vier und drei Jahre alt. Die anderen Erwachsenen haben jeweils ein Schlafzimmer, das sie mit ihren Babys teilen. Du bist an diesem Wochenende also die einzige Person, die ihr eigenes Zimmer hat.«

Abes Stimme klang ruhig, aber Tommy wusste, dass er es ernst meinte, als er fortfuhr: »Ich weiß, dass du es in letzter Zeit schwer hattest, Junge. Ich wünschte bei Gott, dass es nicht passiert wäre, aber leider ist es passiert. So sehr wir uns alle wünschten, die Vergangenheit ändern zu können, es geht nicht. Du kannst von nun an nur nach vorne sehen. Ich wünschte, ich könnte es für dich ungeschehen machen, aber das ist unmöglich. Alabama wünscht sich jeden Tag, sie hätte dich gefunden, bevor du zu den anderen drei Pflegefamilien gekommen bist, aber leider war das nicht der Fall. Ich verlange nur eine Sache von dir, während du die Scheiße verarbeitest, die passiert ist.«

»Christopher, keine Kraftausdrücke!«

Abe ignorierte Alabamas sanfte Ermahnung und fuhr fort, als hätte sie ihn nicht unterbrochen, aber Tommy sah, wie sich seine Mundwinkel zu einem leichten Grinsen verzogen, bevor er weitersprach. »Ich erwarte, dass du Alabama und den anderen Frauen und Kindern, die dieses Wochenende mit uns verbringen, Respekt entgegenbringst. Wenn du das Bedürfnis hast, Dampf ablassen zu müssen, oder wenn du verwirrt oder unsicher bist, dann kannst du zu mir kommen. Oder zu einem meiner Freunde. Wir können darüber reden und dir helfen, deine Gefühle zu verstehen, oder wir können dir den Raum geben, um es selbst zu verarbeiten. Aber ein respektvoller Umgang ist die Grundvoraussetzung, an der ich – und alle Männer, die dieses Wochenende da sein werden – festhalten werden, verstanden?«

»Ja, Sir«, sagte Tommy mechanisch.

»Das meine ich nicht«, sagte Abe zu ihm. »Ich brauche und ich will es nicht, dass du mich so nennst, es sei denn, du fühlst dich selbst wohler damit. Alle unsere Frauen haben die Hölle durchgemacht. Wenn du wirklich etwas über ihre Geschichten erfahren willst, werden wir es dir von Mann zu Mann erzählen, aber das geht nicht ohne Vertrauen.«

Tommy konnte sich nicht vorstellen, was Alabama und ihre Freundinnen durchgemacht haben könnten. Sie waren alle sehr hübsch und hatten schöne Kleider. Überall im Haus hingen Bilder von ihnen, auf die Alabama gezeigt hatte, als sie von ihnen erzählt hatte. Abe musste ihm etwas vormachen, damit er mitspielte.

»Abgemacht?«

»Ja, in Ordnung.« Tommy war froh, dass er sein eigenes Zimmer bekam, aber er war sich nicht sicher, was er davon halten sollte, dass Alabama und Abe im Wohnzimmer schliefen. Es schien, als wollte Abe das nicht wirklich tun, und seiner Erfahrung nach taten Erwachsene im Allgemeinen das, was sie wollten.

Einer der bösen Männer, der damals in sein Zimmer gekommen war, hatte ihm gesagt, er würde ihm ein Extrasandwich bringen, wenn er das tat, was er von ihm verlangte und sich nicht wehrte. Es wäre ein Geben und Nehmen. Tommy fragte sich, was Abe und Alabama als Gegenleistung von ihm wollten. Er war verwirrt und unsicher, wusste aber genau, dass Abe in Bezug auf diese Respektsache keinen Spaß machte.

»Wie auch immer. Wie ich schon sagte, Schätzchen«, fuhr Alabama fort, drehte sich zu Tommy um und sah ihm in die Augen, als hätte Abe sie nicht unterbrochen, »es werden viele Leute da sein. Ich möchte, dass du über alle Bescheid weißt, bevor du sie kennenlernst, in Ordnung?«

»Okay«, sagte Tommy, hörte aber nur mit halbem Ohr zu.

»Die Männer haben alle Spitznamen. Wie du weißt, lautet Christophers Spitzname Abe. Er selbst nennt seine Freunde bei ihren Spitznamen, die meisten der Frauen verwenden allerdings ihre richtigen Namen. Das kann verwirrend sein und man könnte den Eindruck gewinnen, dass es doppelt so viele Menschen gibt. Du kannst sie jedenfalls nennen, wie du willst, okay?«

»Okay.« Tommy hatte sich schon darüber gewundert. Alabama nannte ihren Ehemann Christopher, aber Davisa und Brinique nannten ihn Abe, genau wie er.

»Gut, also Wolf oder Matthew ist mit Caroline verheiratet. Sie haben keine Kinder. Wolf ist der Leiter des Teams, in dem Christopher mit den Männern zusammenarbeitet. Cookie beziehungsweise Hunter ist mit Fiona verheiratet. Sie haben auch keine Kinder. Mozart alias Sam ist mit Summer zusammen. Ihre Tochter April ist zweieinhalb Jahre alt. Dann gibt es noch Dude, auch genannt Faulkner, und Cheyenne. Sie haben auch eine Tochter mit Namen Taylor. Kasons Spitzname ist Benny und er ist mit Jessyka zusammen. Sie haben drei Kinder, John, Sara und Callie. Sie sind vier, drei und eineinhalb.«

Alabama holte tief Luft und fuhr fort: »Es ist in Ordnung, wenn du dich nicht an alle Namen erinnern kannst. Ich weiß, dass es viel ist. Brinique und Davisa können dir helfen, aber ich verspreche dir, dass niemand wütend oder verärgert sein wird, wenn du dich nicht erinnerst.«

»Noch eine Sache, Junge«, fügte Abe hinzu und wartete darauf, dass Tommy ihn ansah. Als der kleine Junge nickte, fuhr er fort: »Die meisten meiner Freunde werden in Sachen Respekt anfangs vielleicht nachsichtig sein. Das gilt aber nicht für Dude. Nein, keine Angst«, beruhigte Abe Tommy schnell, als er sah, dass der Junge sich verkrampfte, »er ist nicht gewalttätig oder so. Er wird dir nicht wehtun, aber er ist sehr beschützend, wenn es um seine Frau und seine kleine Tochter geht. Cheyenne wäre beinahe bei der Geburt ihres Babys gestorben und er war nicht da, als es passierte. Er hat daran immer noch zu knabbern und er wird keinerlei Respektlosigkeit gegenüber Cheyenne oder Taylor tolerieren, verstanden?«

Tommy nickte schnell und war seltsamerweise froh über die Vorwarnung. Er konnte sein loses Mundwerk nicht immer kontrollieren, aber in Gegenwart dieses Mannes und seiner Familie würde er sich besonders bemühen.

Tommy gefiel es, dass Abe mit ihm wie mit einem Gleichberechtigten sprach und nicht, als wäre er ein Baby. Leise sagte er: »Danke für die Warnung.«

Abes Lippen verzogen sich zu einem Lächeln. »Gern geschehen, Junge. Wir müssen noch zirka eine Stunde fahren ... willst du etwas anderes sehen als *Arielle, die Meerjungfrau*? Ich glaube, das ist ein bisschen zu mädchenhaft für dich.«

»Christopher«, protestierte Alabama, »an *Arielle, die Meerjungfrau* gibt es nichts auszusetzen.«

»Du hast recht. Für unsere kleinen Mädchen ist

es genau richtig, aber Tommy scheint sich für etwas anderes zu interessieren, richtig?«

»Ja.« Tommy hielt einen Moment inne und fügte dann hinzu: »Bitte.«

»Siehst du?«

»Wie auch immer«, schnaubte Alabama.

Abe grinste immer noch, als er zurück in den Spiegel sah. »Wie wäre es mit *Das Geheimnis von Green Lake*? Hast du den schon gesehen?«

Tommy schüttelte den Kopf. Er hatte sich während der letzten Jahre nicht gerade in einer Umgebung aufgehalten, in der er hätte Filme sehen können.

»Gut, der Film ist toll. Du wirst ihn nicht zu Ende schaffen, aber wenn du möchtest, kannst du den DVD-Spieler mit ins Haus nehmen und den Film heute Abend zu Ende sehen, wenn du ins Bett gehst. Und wenn das nicht klappt, kannst du das Ende auf dem Rückweg gucken. Wie klingt das?«

»Gut, vielen Dank.«

Alabama schaltete den Film für ihn auf dem tragbaren DVD-Spieler ein und gab ihm Kopfhörer. Bevor er sie aufsetzte, sagte Alabama zu ihm: »Ich bin wirklich froh, dass du hier bei uns bist, Tommy. Genieß den Film.«

Tommy wusste, dass sie es ernst meinte. Sie

sagte das nicht nur. Er konnte den Unterschied erkennen. Viele Erwachsene hatten ihm während des letzten Jahres Lügen erzählt, einfach weil es von ihnen erwartet wurde. Aber sie hatten es nur in Gegenwart von Mitarbeitern des Jugendamtes oder von Sozialarbeitern getan. Aber hier waren sie allein im Wagen. Alabama musste niemanden beeindrucken. Ihre Töchter hatten ebenfalls Kopfhörer auf und konnten sie nicht hören.

Er schluckte schwer und setzte schnell die Kopfhörer auf, um ihre Worte und die Gefühle, die sie in ihm hervorriefen, auszublenden.

Alabama kannte ihn nicht. Sie wusste nicht, wie hässlich er sein konnte und wie kaputt er innerlich war. Sie würde das nicht sagen, wenn sie es wüsste.

Er hatte Mühe, die Tränen zu unterdrücken, die in seine Augen zu schießen drohten. Es war lange her, dass er sich willkommen gefühlt hatte, und ihre Worte schafften es fast, die Mauer einzureißen, die er um sein Herz errichtet hatte, um die Welt auszuschließen.

Der Film begann und Tommy sah sich im Wagen um. Er sah, wie Alabama und Abe redeten und dabei Händchen hielten. Brinique und Davisa waren in den Film mit der Meerjungfrau vertieft und

Gamjee schnarchte auf dem Boden neben seinen Füßen.

Tommy schloss die Augen und tat für einen Moment so, als wäre er wieder fünf und würde mit seinen leiblichen Eltern in den Urlaub fahren. So wie früher, bevor seine Mutter gestorben war und bevor sein Vater entschieden hatte, dass er Alkohol und seine gemeinen Freunde lieber hatte als seinen Sohn.

Tommy spürte eine Hand an seinem Knöchel und öffnete die Augen. Gamjee sah ihn aufmerksam an.

Die Titelmusik des Films begann und Tommy richtete seine Aufmerksamkeit auf den Bildschirm. Er wollte jetzt nicht an redende Trolle denken und daran, was passiert war, als er noch bei seinem Vater gelebt hatte, oder daran, dass er nur ein falsches Wort davon entfernt war, aus einer weiteren Familie geworfen zu werden.

Er verlor sich in dem Film und genoss die willkommene Ablenkung von seinem Kummer.

KAPITEL SECHS

»Gib es her!«, befahl Tommy Davisa mit ausgestreckter Hand. Sie standen mit den anderen Kindern auf der großen Terrasse des Strandhauses.

»Nein!«, gab sie sofort zurück und hielt das letzte Stück Wassermelone weiter in der Hand.

»Du hattest schon zwei Stücke. Ich hatte nur eins. Ich will es!«, schrie Tommy und ging auf das kleine Mädchen zu.

»Mommy!«, kreischte Davisa, drehte sich um und lief in die Küche.

Die Männer hielten sich zurzeit im vorderen Teil des Hauses auf und diskutierten. Wolf hatte einen Anruf erhalten und alle Männer waren aufgestanden, um abseits der Frauen zu besprechen, was es zu besprechen gab.

Davisa stürmte in die Küche und Tommy folgte ihr direkt auf den Fersen. Sie lief hinter Alabama her und fing an, so schnell wie möglich die Wassermelone zu verschlingen.

»Vorsicht!«, rief Alabama und hielt einen Teller mit Obst hoch, um den Kindern auszuweichen. »Was in aller Welt ist hier los?«

»Sie ist gierig und will nicht teilen«, sagte Tommy sofort.

»Das ist nicht wahr! Er wollte das letzte Stück Wassermelone gar nicht, bis er gesehen hat, dass ich es nahm«, erwiderte Davisa.

Tommy starrte Davisa wütend an. »Du lügst! Du wusstest, dass ich es essen wollte. Du wolltest einfach nicht, dass ich es bekomme.«

»Gar nicht!«

»Okay, wir beruhigen uns jetzt alle wieder. Es gibt noch viele andere Dinge, die du essen kannst, Tommy. Hier ist ein Teller voll mit leckerem Obst und du darfst dir als Erster etwas nehmen.« Alabama hielt ihm den großen Teller mit Honigmelone, Erdbeeren, Himbeeren, Brombeeren und Kirschen hin.

»Ich will diesen Mist nicht. Ich wollte Wassermelone«, sagte Tommy angriffslustig und verschränkte die Arme vor der Brust.

»Wassermelone«, ahmte April ihn nach, als sie mit Summer in die Küche kam. Mit zweieinhalb Jahren war sie derzeit in einer Phase, in der sie gern Dinge wiederholte, die um sie herum gesagt wurden.

»Hat jemand Wassermelone gesagt?«, fragte Summer und schob ihre Tochter auf ihre Hüfte.

»Nein, denn es gibt keine mehr. Die dumme Davisa hat das letzte Stück gegessen«, knurrte Tommy.

»Tommy, das sagt man aber nicht. Es gibt noch viele andere Dinge zu essen«, ermahnte Alabama ihn sanft.

»Du bist gierig«, sagte Brinique und mischte sich in den Kampf ein. Sie hatte draußen gespielt, war ihrer Schwester aber nach drinnen gefolgt, als sie den Streit auf der Terrasse gehört hatte.

»Halt die Klappe!« Tommy blickte das andere Mädchen finster an. »Misch dich nicht ein.«

»Tommy!«, sagte Alabama scharf und hob die Augenbrauen. »Ich habe dir schon mehrmals gesagt, dass wir so nicht miteinander reden.«

»Halt die Klappe, halt die Klappe, halt die Klappe, halt die Klappe!«, schrie Tommy. »Ich hasse es hier! Ich hasse dich, ich hasse sie. Es ist einfach alles dumm! Ich sage, was ich will und wann ich es will! Halt die Klappe, halt die Klappe, halt die Klappe ...«

Eine große Hand bedeckte seinen Mund und schnitt ihm das Wort ab, während Abe an ihm vorbeiging und sich neben seine Frau stellte.

Tommy kämpfte gegen den Griff des Mannes an und versuchte zu entkommen.

»Beruhige dich, Tommy«, sagte Dude scharf direkt hinter ihm.

»Mumph«, murmelte er unter der Hand.

Der große Mann hinter ihm beugte sich vor und sagte direkt in sein Ohr: »Ich sagte, beruhige dich. Schau dir an, was du mit deinen Worten angerichtet hast.«

Tommy hob den Blick zu Alabama und war sich nicht sicher, wovon Dude sprach.

Mit einem Blick wusste er, dass mit der Frau, die immer so nett zu ihm gewesen war, etwas ganz und gar nicht stimmte.

Summer hatte es noch geschafft, das Obsttablett festzuhalten, bevor es zu Boden fiel. Alabama war mitten in der Küche auf die Knie gesunken, hatte die Arme schützend um sich geschlungen und starrte in die Leere. Abe hielt Alabamas Schultern fest. Er hatte sich vor sie gekniet und versuchte, ihr in die Augen zu sehen. Ihr Gesicht war kreidebleich, ihr Blick war leer und Tommy konnte sehen, dass Alabamas ganzer Körper unkontrolliert zitterte.

»Süße, sieh mich an«, befahl Abe. »Du bist in Sicherheit. Du bist hier bei mir, gesund und munter. Komm zu mir zurück ...«

Dude nahm langsam seine Hand von Tommys Mund, ließ ihn aber nicht los. Als Tommy erneut gegen ihn ankämpfte, verstärkte der große Mann lediglich seinen Griff. Mit leiser Stimme sagte er: »Nein, du bleibst hier und wirst dir ansehen, was unachtsame Worte jemandem antun können. Du wirst dir ansehen, was sie einer der nettesten Frauen angetan haben, die ich kenne.«

Alabama legte die Hände über ihre Ohren. Sie begann, in Abes Griff zu schaukeln. »Nein, nein, nein, nein.«

»Schhhhhh, Süße ... du bist in Sicherheit, sie ist nicht hier. Öffne die Augen und schau mich an«, sagte Abe sanft.

»Dunkel, es ist so dunkel!«

»Nein, es ist nicht dunkel. Es ist mitten am Tag. Öffne die Augen, Alabama. Die Sonne scheint. Du bist nicht im Schrank. Du bist hier bei mir und bei unseren Töchtern und Freunden. Du bist in Sicherheit und sie ist nicht hier. Glaub mir, Süße.«

Alabama öffnete die Augen zu kleinen Schlitzen, behielt die Hände aber über ihren Ohren.

»So ist es gut. Gott, ich liebe es, deine schönen Augen zu sehen. Siehst du, ich bin es, Christopher. Du bist in Ordnung. Komm jetzt zurück zu mir.«

Langsam nahm sie die Hände von den Ohren und umklammerte seine Oberarme. Ihre Fingerknöchel wurden weiß unter der Kraft ihres Griffs. Verwirrt zog sie die Augenbrauen zusammen. »Christopher?«

»Ja, ich bin es. Komm her.« Abe nahm seine Frau in die Arme. Eine Hand schob er hinter ihren Kopf und zog sie an seine Schulter. Die andere legte er um ihre Taille. Er wiegte sie in seinen Armen.

»Mommy?«, sagte Brinique unsicher.

»Kommt her, ihr zwei«, sagte Abe zu seinen Töchtern und streckte die Hand aus, die er auf Alabamas Taille gelegt hatte. Die andere blieb auf ihrem Kopf. Brinique und Davisa kamen zu ihren Eltern und legten ihre kleinen Arme so gut sie konnten um Alabama und Abe. In der Mitte der Küche umarmten sich die vier.

Einige Augenblicke später zog sich Dude mit Tommy im Arm langsam aus der Küche zurück und ließ die Familie Powers allein. Als sie im Wohnzimmer waren, ließ Dude Tommy schließlich los.

Der kleine Junge wich zurück und starrte die Erwachsenen an, die schweigend um ihn standen. Die Frauen sahen besorgt aus, die Männer unglücklich. Tommy fing an zu zittern. Er hatte keine Ahnung, was gerade passiert war, aber er wusste, dass es seine Schuld war.

»Ich habe es nicht so gemeint«, sagte er mit leiser, wackeliger Stimme. Er schüttelte schnell den Kopf. »Ich wollte nur das letzte Stück Wassermelone ... ich weiß nicht, was passiert ist.«

Fiona und Caroline traten einen Schritt auf ihn zu und Tommy wich zurück, bis er mit dem Rücken an der Wand stand. Er hatte Angst. Was würden diese Erwachsenen jetzt mit ihm tun? Würden sie ihm wehtun, um ihn zu bestrafen? Sein Atem beschleunigte sich.

Die beiden Frauen knieten sich vor ihm hin und hielten so viel Abstand, dass sie ihn nicht berühren konnten. Aber sie gingen mit ihm auf Augenhöhe. »Es ist okay, Tommy. Du brauchst keine Angst zu haben. Es wird ihr gleich besser gehen«, sagte Caroline leise.

»Das passiert manchmal. Abe wird sich um sie kümmern«, beruhigte Fiona sie.

»Aber ...« Tommy traten Tränen in die Augen und er wischte sie ungeduldig weg, als sie ihm über die Wangen liefen. »Ich weiß nicht, was passiert ist«, wiederholte er.

»Ich denke, wir brauchen alle eine Auszeit«, sagte Benny leichthin. »Für meine Crew ist es an der Zeit für ein Nickerchen. Warum machen wir nicht alle eine Pause und in ein paar Stunden treffen wir uns wieder zum Abendessen. Ist das für alle in Ordnung?«

Die Männer nickten und die Frauen gingen mit den Kindern in ihre Schlafzimmer.

Tommy sah, wie alle außer Caroline den großen Wohnbereich verließen. Sie hockte immer noch vor ihm. »Ich weiß, dass du nicht verstehst, was gerade passiert ist, aber ich schlage vor, dass du für eine Weile in dein Zimmer gehst. Alabama wird sicher bald zu dir kommen und dich beruhigen. Mach dir keine Sorgen. Es wird alles in Ordnung kommen. Alabama wird es gut gehen und Christopher auch. Du bist nicht in Schwierigkeiten.«

»Wie kannst du das sagen? Ich habe gemacht ... dass sie ... du weißt schon«, sagte Tommy mit wackeliger Stimme.

»Ich weiß, aber du solltest wissen, dass weder Alabama noch Christopher dir das vorhalten werden. Jeder macht einmal Fehler. Du solltest Christopher danach fragen, welchen Fehler er einmal mit Alabama gemacht hat. Sie hat ihm vergeben, weil er ihr sehr viel bedeutet, genau wie du ihr viel bedeutest. Mach jetzt einfach eine Pause, Tommy. Entspann dich etwas und später wird sie mit dir darüber sprechen.«

»Wird Abe mir wehtun?«

»Süßer, ich weiß, dass du noch nicht sehr lange bei ihnen bist, aber ich verspreche dir, dass du absolut sicher bist. Sie sind vielleicht enttäuscht, aber sie werden dir niemals wehtun. Sie haben dich zu sich nach Hause geholt in der Hoffnung, dass du für immer bleiben wirst.« Bei dem überraschten Ausdruck auf seinem tränenbefleckten Gesicht nickte Caroline. »Ja, für immer. Darüber würde ich nicht lügen. Sie wollen ein Haus voller Kinder, um die sie sich kümmern und die sie lieben können. Und sie haben dich ausgesucht. Sie haben lange gewartet, bevor sie wieder ein Pflegekind aufgenommen haben ... was glaubst du warum?«

Tommy zuckte die Achseln.

»Weil sie auf dich gewartet haben.«

»Auf mich?«

»Ja, auf dich. Nachdem sie Brinique und Davisa adoptiert hatten, hätten sie eine beliebige Anzahl von Kindern aufnehmen können, aber sie haben auf ein Kind gewartet, von dem sie wussten, dass es zu ihnen gehören würde. Und dieses Kind bist du.«

»Aber ... ich bin zu alt«, protestierte Tommy.

»Zu alt wofür?«

»Um adoptiert zu werden?« Es war eher eine Frage als eine Antwort.

»Wer sagt das? Die anderen Familien, bei denen du untergebracht wurdest? Kinder in der Schule? Tommy, hör mir gut zu. Sie. Haben. Dich. Ausgewählt. Sie wollen dich adoptieren. Du bist ihr Kind. Und Eltern tun ihren Kindern nicht weh. Gute Eltern jedenfalls nicht. Und Christopher und Alabama Powers sind die besten Eltern, die es gibt. Ruh dich einfach etwas aus. Bleib in deinem Zimmer und gib ihnen etwas Zeit, in Ordnung? Bis zum Abendessen wird alles wieder gut sein. Du wirst sehen.«

Tommy nickte, obwohl er nicht sicher war, ob er der hübschen Frau glauben sollte, die vor ihm kniete. Er war aber froh, von allen wegzukommen.

»Jetzt geh schon.«

Tommy schlich in Richtung Flur und ging rückwärts zu dem ihm zugewiesenen Schlafzimmer, ohne dem großen Raum den Rücken zuzuwenden. Vage bemerkte er, dass Gamjee ihm folgte und sich anscheinend keine Gedanken darüber machte, was gerade in der Küche passiert war. Als er in dem großen Raum ankam, ging er schnell hinein und schloss die Tür hinter dem Troll und sich.

»Mann oh Mann, Tommy, du verstehst es todsicher, die Stimmung zu ruinieren«, sagte Gamjee.

»Ich wusste es nicht«, entgegnete Tommy verteidigend.

Der Troll zuckte die Achseln. »Nun, jetzt weißt du es hoffentlich.«

»Was habe ich denn gesagt?«

»Halt die Klappe. Du hast es sogar mehrmals gesagt, obwohl Alabama dich gewarnt hat, dass sie diese Worte nicht ertragen kann. Aber du hast sie trotzdem gesagt.«

»Aber ... ich habe es nicht so gemeint. Ich sage das die ganze Zeit. *Jeder* sagt das die ganze Zeit. Es sind nur Worte.«

»Offensichtlich nicht für sie«, sagte Gamjee leise.

Tommy sah sich ängstlich in dem großen Raum um. »Ich muss mich verstecken.«

»Was? Warum?«, fragte der Troll.

»Weil Abe mir wehtun wird! Er hat mir gesagt, dass ich respektvoll sein soll, und das war ich nicht«, sagte Tommy mehr zu sich, als damit die Frage des Trolls zu beantworten. Er ging zu dem großen Sessel und kletterte dahinter. Mit aller Kraft schob er den

Sessel ans Fußende des Bettes. Er blockierte nicht die gesamte Breite, aber es müsste reichen.

Er sah sich erneut im Raum um. Als er kein anderes Möbelstück sah, das er bewegen konnte, ging er zur Kommode und zog die mittlere Schublade heraus, bis sie mit einem dumpfen Schlag auf den Boden fiel. Er zog sie zum Bett und positionierte sie an der Seite, um den Blick unters Bett teilweise zu versperren.

Er ging noch fünfmal hin und her, bis er alle Schubladen um das Bett herum gestapelt hatte. In das letzte Loch an der Seite stopfte er die Kissen und die Bettdecke. Dann zog er das Laken ab und drapierte es über dem Fußende neben dem Sessel.

Schließlich kroch Tommy unters Bett und stopfte die Kissen in das Loch, durch das er gekrochen war.

»Was um alles in der Welt tust du da?«, fragte Gamjee mit gedämpfter Stimme von außerhalb des sicheren Raumes, den Tommy sich geschaffen hatte.

Als keine Antwort kam, wiederholte der Troll: »Tommy, was machst du?«

»Mich verstecken.«

»Ich glaube nicht, dass das ein sehr gutes Versteck ist. Jeder, der hereinkommt, wird sofort wissen, wo du bist.«

»Ja, aber derjenige wird mich nicht so leicht erreichen können. Ich werde sehen, woher er kommt, wenn er eine der Schubladen bewegt«, sagte Tommy sachlich.

»Caroline hat versprochen, dass Abe dir nicht wehtun wird«, sagte Gamjee.

»Erwachsene lügen. Er war wirklich wütend«, sagte Tommy mit vor Traurigkeit und Schreck wackeliger Stimme.

»Ich denke, du solltest ihr glauben. Besonders nach dem, was sie darüber erzählt hat, dass sie dich ausgewählt haben.«

»Nein«, sagte Tommy stur.

Gamjee schüttelte den Kopf, als könnte er es nicht verstehen, und sprang auf das Bett. Seine Beine baumelten über die Bettkante. »Wenn es dir nichts ausmacht, werde ich es mir hier oben gemütlich machen. Die Matratze ist viel bequemer als der Fußboden.«

»Mir egal«, erwiderte Tommy, offensichtlich nicht überzeugt.

Als er ein leises Schluchzen unter dem Bett hörte, seufzte Gamjee. Er war bisher nicht mit vielen Menschenkindern zusammen gewesen und war sich nicht sicher, was er sagen oder tun sollte, damit Tommy sich besser fühlte. Er konnte seine Magie gut gegen böse Jungs einsetzen, aber was er mit einem untröstlichen kleinen Jungen tun sollte, wusste er nicht. Er war hier, um zu verhindern, dass das, was bald passieren würde, in einem Desaster endete ... aber das war eine ganz andere Geschichte.

Gamjee hatte das Gefühl, dass Erasto wüsste, was zu tun wäre, um Tommy zu trösten, wenn er hier gewesen wäre. Aber er war nicht so süß wie Erasto. Kinder wollten sich nicht an ihn kuscheln, um sich besser zu fühlen.

Seufzend saß Gamjee da und baumelte mit den Beinen, während er darauf wartete, dass Tommy aufhörte zu weinen.

KAPITEL SIEBEN

Caroline steckte den Kopf in Tommys Zimmer und sagte ihm, dass das Abendessen fertig wäre.

»Ich habe keinen Hunger«, entgegnete er.

»Das macht nichts. Du wirst trotzdem rauskommen und etwas essen oder dich zumindest entschuldigen. Komm schon, ich bleib bei dir. Es wird alles gut. Du wirst sehen.«

Tommy kroch widerwillig heraus, ohne den traurigen Blick zu bemerken, den Caroline ihm beim Manövrieren durch die Schubladen zuwarf. Er folgte ihr mit gesenktem Kopf und den Händen in den Taschen, als sie in das große Esszimmer gingen. Auf dem Tisch standen Berge gegrillter Hotdogs, Hamburger, Maiskolben, mehr aufgeschnittene

Wassermelone, Kartoffeln und ein Teller Schoko-brownies.

Einige der Kinder liefen herum und Dude, Cheyenne, Alabama und Abe füllten gerade ihre Teller mit den Speisen.

Ohne auf eine Aufforderung zu warten, platzte Tommy schnell heraus: »Es tut mir leid. Ich wollte nicht so gemein sein.«

Abe und Dude sahen nicht beeindruckt aus, aber Alabama und Cheyenne lächelten ihn an.

»Es ist okay, Tommy«, sagte Alabama leise. »Es tut mir leid, wenn ich dich mit meiner Reaktion erschreckt habe. Sieh mal, Christopher hat noch mehr Wassermelone aufgeschnitten.« Sie zeigte auf den Teller mit den süßen Leckerbissen und lächelte ihn offen, aber etwas vorsichtig an.

Der Anblick der saftigen Frucht schmerzte Tommy, aber diesmal nicht wegen des schwarzen Schleimkloßes in seinem Bauch. Er schüttelte nur den Kopf. »Schon in Ordnung. Ich nehme nur einen Hotdog.«

Das Abendessen verging und Tommy versuchte, das ungute Gefühl in seinem Magen zu kontrollie-ren. Er wusste, dass er es vermasselt hatte, und hatte keine Ahnung, was noch auf ihn zukam. Er glaubte nicht, dass Abe der Typ Mann war, der einfach vergessen würde, was er getan hatte. Aber er kannte ihn nicht gut genug, um zu wissen, was er mit ihm vorhatte.

Nachdem das Geschirr abgeräumt war, ließen sich alle im Wohnzimmer um den großen Fernseher nieder. Jemand hatte einen Zeichentrickfilm eingeschaltet und die meisten der Kinder schauten eifrig zu. Die Frauen unterhielten sich leise. Tommy hatte bemerkt, dass Gamjee um den Tisch herumschlich und sich Essensreste schnappte, die Brinique und Davisa für ihn »fallen ließen«.

»Komm schon, Junge«, sagte Abe leise und legte den Arm um seine Schultern. »Lass uns mit den Männern nach draußen gehen.«

Tommy war sich nicht sicher, ob er mit Abe und seinen Freunden nach draußen gehen *wollte*, aber er nickte trotzdem und ließ sich durch die Tür auf die große Terrasse führen, von wo man auf das Meer sehen konnte.

Was auch immer passieren würde, es würde jetzt passieren. Draußen auf der Terrasse, abseits der Frauen und der anderen Kinder. Tommy hatte Angst, aber er drückte den Rücken durch und ging stocksteif neben Abe her. Er hatte das Gefühl, sich übergeben zu müssen, und dachte, der schwarze Schleimkloß würde mit herausgeschleudert werden, aber er schluckte schwer und versuchte, mutig zu sein.

Überraschenderweise riss Gamjee sich von Davisa und Brinique und den köstlichen Snacks los, um ihm zu folgen.

Tommy dachte bei sich, dass er nicht nur bestraft werden würde, sondern der Troll, den er für so cool gehalten hatte, weil er sprechen konnte, würde auch noch alles bezeugen und ihn später wahrscheinlich auslachen.

Abes Freunde erschreckten ihn irgendwie. Sie waren groß und muskulös und Tommy konnte mit einem Blick erkennen, dass sie zehnmal tödlicher waren als die bösen Männer, die sein Vater zu ihm gelassen hatte. Aber sobald eine der Frauen oder eines der Kinder den Raum betrat, konnte Tommy sehen, wie sich die Männer vor seinen Augen veränderten. Ihre harten Blicke wurden weicher, wenn sie ihre Frauen und Kinder ansahen.

Aber das war, bevor er Alabama widersprochen hatte. Bevor passiert war, was auch immer seine Worte ausgelöst hatten. Jetzt sahen die Männer nur noch wütend aus ... wütend auf ihn.

Abe führte ihn zu einer Stuhlgruppe und beide setzten sich. Tommy saß verkrampft auf der Stuhlkante und hatte die Arme fest vor dem Körper verschränkt, während er darauf wartete, was passieren würde.

Die anderen fünf Männer ließen sich in einem Halbkreis um sie herum ebenfalls auf den Stühlen nieder. Eine Weile sagte niemand etwas und die Fantasie in Tommys Kopf begann, auf Hochtouren zu laufen. Er wusste, dass er auf keinen Fall alle sechs Männer abwehren könnte. Er hatte es einmal geschafft, einem der Männer wehzutun, den sein Vater zu ihm gelassen hatte, aber vor diesen Männern würde es kein Entkommen geben.

Er hatte sich bereits umgesehen und es gab in der Umgebung auch nichts, wo er sich verstecken könnte. Er könnte versuchen davonzulaufen, aber Tommy war sich sicher, dass ihn einer der Männer schnell einholen würde. Obwohl sie schon älter waren, schienen sie ziemlich gut in Form zu sein.

Eine kühle Brise wehte über Tommys Gesicht und er atmete die salzige Meeresluft ein. Es gefiel ihm eigentlich, Zeit am Meer zu verbringen, wenn er nicht gerade verängstigt darauf wartete zu erfahren, wie seine Bestrafung aussah.

Gerade als er dachte, er würde gleich den Verstand verlieren, begann Abe zu sprechen.

»Ich dachte, wir könnten Tommy alle etwas mehr über unsere Frauen erzählen«, schlug Abe vor und lehnte sich in seinem Stuhl zurück, als würde er sich um nichts in der Welt Sorgen machen. »Er muss ein bisschen mehr darüber erfahren. Ich glaube, er denkt, dass wir ein einfaches Leben hatten und dass weder wir noch unsere Frauen nachvollziehen können, was er durchgemacht hat.«

Abe drehte sich zu Tommy um. »Was du durchgemacht hast, war schrecklich, Tommy. Ich will in keiner Weise herunterspielen, was mit dir passiert ist. Dein Vertrauen in den Mann, der hätte Himmel und Hölle in Bewegung setzen sollen, um dich zu beschützen, ist gebrochen worden. Ich möchte dir aber zeigen, dass du darüber hinwegkommen kannst, auch wenn das Leben manchmal scheiße ist.«

Tommy rutschte unbehaglich auf seinem Stuhl umher. Das war nicht das, was er von Abe erwartet hatte. Er hatte erwartet, dass er ihn anschreien würde, weil er Alabama widersprochen hatte, und dass er ihm sagen würde, dass sie ihn zurück ins Pflegeheim bringen würden, sobald sie wieder zu Hause waren.

Er wollte mit diesen Männern nicht darüber reden, was ihm passiert war, bevor er von seinem Vater weggebracht worden war. Er war kaputt und dreckig und wenn sie ihn jetzt schon nicht mochten, würden sie ihn erst recht nicht mögen, wenn sie herausgefunden hatten, was vorgefallen war. Tommy wollte auch nicht wirklich wissen, was sie ihm erzählen wollten. Auf keinen Fall könnte irgendetwas, was diese fröhlichen Frauen vielleicht erlebt hatten, mit dem zu vergleichen sein, was *er* durchgemacht hatte. Auf keinen Fall.

»Hör zu, Tommy«, sagte Gamjee neben ihm, »urteile nicht zu früh. Als du mich zum ersten Mal gesehen hast, dachtest du, ich sei eine Statue, und hättest niemals damit gerechnet, dass ich sprechen kann. Ich denke, du wirst überrascht sein, was diese Männer zu sagen haben.«

»Okay«, murmelte Tommy, schaute auf die Wellen und sah weder den Troll noch die Männer um ihn herum an.

Wolf redete nicht lange um den heißen Brei herum. »Caroline wurde verfolgt, entführt, geschlagen, angeschossen und ins Meer geworfen, um sie ertrinken zu lassen.«

Tommy schnappte nach Luft und sah Wolf erschrocken an. »Was?«

»Ja, aber kein einziges Mal hat sie um ihr Leben gebettelt. Sie hat sich gewehrt und nicht aufgegeben. Sie ist die stärkste Frau, die ich kenne, auch wenn sie das selbst nicht von sich denkt. Wenn ich eins gelernt habe, dann, sie niemals zu unterschätzen.«

Cookie fuhr unverblümt fort: »Fiona wurde entführt, um sie an böse Leute zu verkaufen, damit sie Sex mit ihr haben konnten. Ich habe sie gerettet, aber sie arbeitet bis heute noch daran, das Erlebte zu verarbeiten. Sie hat immer noch Angst, wenn sie jemanden sieht, der ihren Entführern ähnlich sieht.«

Tommy bekam kaum noch Luft. Er spürte, wie seine Atemzüge sich beschleunigten, machte sich aber nicht die Mühe, sie zu kontrollieren. Gamjee berührte ihn sanft an der Wade und überraschenderweise schien diese kleine Berührung ihn zu beruhigen und er fühlte sich nicht mehr ganz so allein. Er sah Cookie an und biss sich auf die Lippe, als er fragte: »Heißt das, sie haben sie gegen ihren Willen angefasst?«

»Ja, Tommy, über einen sehr langen Zeitraum, über Monate. Als ich sie gefunden habe, wusste ich nicht, wie lange sie schon dort war. Umso beeindruckter bin ich, wie hart sie gewesen ist.«

»Wie geht sie heute damit um?«, fragte Tommy. Er wollte es wirklich, wirklich wissen. Es war wichtig.

»Sie hat mich und ihre Freundinnen. Wir lieben und unterstützen sie und sie weiß, dass sie bei uns in

Sicherheit ist und dass wir für sie da sind. Ich will dir nichts vormachen, für eine Weile war sie in sehr schlechter Verfassung. Sie erinnert sich immer noch daran, was passiert ist, und wenn sie Albträume hat, halte ich sie fest und wir reden darüber. Wenn sie nicht reden will, halte ich sie einfach und lasse sie weinen. Ich liebe sie, Tommy. Ich würde alles für diese Frau tun. Alles!«

Tommy nickte, aber bevor er eine weitere Frage stellen konnte, sprach Mozart.

»Ich habe Summer in einem Motel in Big Bear Lake kennengelernt, in dem sie als Zimmermädchen gearbeitet hat. Ich musste aus beruflichen Gründen nach Hause, aber als ich zurückkam, um sie zu besuchen, habe ich sie in einem kleinen Schuppen ohne Strom, Heizung und ohne fließend Wasser vorgefunden. Sie war ausgehungert und halb erfroren, aber sie wollte keine Hilfe annehmen. Nicht einmal von mir.«

»Was ist passiert?«, fragte Tommy mit großen Augen.

Mozart grinste. »Ich habe sie überzeugt, meine Hilfe anzunehmen.« Dann wurde er wieder ernst. »Aber dann hat ein böser Mann sie entführt, um mich zu provozieren. Derselbe Mann hat meine Schwester getötet, als sie ungefähr in deinem Alter war. Zum Glück bin ich noch rechtzeitig gekommen, um sie zu retten, und jetzt geht es ihr gut.«

»Was ist *deiner* Frau passiert?«, fragte Tommy Benny und hielt den Atem an.

Der andere Mann lachte leise. »Nun, eigentlich ist *mir* etwas passiert. Ihr Ex-Freund hat mich mit einem Schlag auf den Kopf bewusstlos gemacht und entführt. Dann hat er ihr ein Bild von meinem blutenden Kopf geschickt und gesagt, er würde mich töten, wenn sie sich nicht mit ihm trifft.«

»Heilige Scheiße«, hauchte Tommy.

»Allerdings. Dann ist sie zu meiner Rettung gekommen.«

»Aber ... sie ist doch behindert«, protestierte der kleine Junge. »Wie konnte sie dich retten?«

Die sechs Männer um ihn herum lachten. Benny lächelte Tommy an und sagte: »Lass sie bloß nicht hören, dass du glaubst, sie sei behindert. Ja, sie wurde mit unterschiedlich langen Beinen geboren und sie humpelt, aber sie lässt sich von niemandem sagen, was sie tun und lassen kann. Sie hat mehr auf dem Kasten als einige Leute, die ich beim Militär kennengelernt habe.«

Tommy wandte sich an Dude ... den furchterregendsten der Männer, den er definitiv nicht wütend machen wollte. Er hatte sich heute früh erschreckt, als Dude seine Hand über seinen Mund gelegt hatte, aber wenn er daran zurückdachte, musste Tommy zugeben, dass der große Mann ihm nicht wehgetan hatte. Er hatte ihm weder mit der Hand auf seinem Gesicht etwas angetan noch als er ihn festgehalten hatte. In dem Moment, in dem er Dude zum ersten Mal gesehen hatte, war Tommy klar geworden, dass Abe ihn nicht wirklich vor ihm hätte warnen müssen. Tommy hatte die gefährlichen Schwingungen, die von ihm ausgingen, sofort wahrgenommen.

»Cheyenne wurde als Geisel genommen und ihre Entführer haben ihr eine Bombe um den Körper geschnallt und das Ganze nicht nur einmal, sondern zweimal«, sagte Dude kurz und bündig, ohne lange auszuholen. »Und das war noch nicht alles. Als wir zu einer Konferenz in New York waren, hat ein weiteres Familienmitglied der Entführer versucht, sie ein drittes Mal in die Luft zu jagen.«

»Und du hast sie gerettet?«

»Und ich habe sie gerettet«, bestätigte Dude. »Dann wäre sie fast bei der Geburt unserer Tochter gestorben. Hör zu, ich weiß, dass die Gesellschaft besonders von Jungen erwartet, dass sie stark und hart im Nehmen sind und sich um nichts außer sich selbst kümmern müssen, aber ich will ehrlich mit dir sein: Ich habe geweint, als ich Taylor das erste

Mal gesehen habe. Ich habe geweint wie ein kleines Baby. Sie ist so perfekt und ich weiß, wie hart sie und Cheyenne darum gekämpft haben, sie sicher zur Welt zu bringen. Ich werde sie beide mit meinem Leben beschützen. Ich werde sie vor jedem beschützen, der gemeine Dinge zu ihnen sagt, und ich werde alles tun, um sie für den Rest ihres Lebens glücklich zu machen. Ich bin größer und stärker als sie, daher ist es meine Aufgabe, mich darum zu kümmern, dass sie in Sicherheit sind.«

Tommy fühlte sich in Gegenwart der Männer irgendwie erwachsen. Sie behandelten ihn, als wäre er gleichwertig und nicht nur ein kleiner Junge. »Was ist, wenn deine Frau stirbt? Was dann?«, fragte Tommy vorsichtig. »Du kannst nicht immer da sein, um sie zu beschützen. Vielleicht hat sie einen Autounfall. Vielleicht wird sie im Supermarkt beim Einkaufen erschossen. Du kannst nicht jeden Tag vierundzwanzig Stunden an ihrer Seite sein.«

Tommy hielt den Atem an, als der beängstigend aussehende Mann ihn anstarrte. Es war ehrlich gesagt nicht seine Absicht, gemein zu sein. Er wusste aus eigener Erfahrung, dass man die Menschen, die man liebte, nicht immer beschützen konnte. Man musste sich nur ansehen, was nach dem Tod seiner Mutter mit seinem Vater passiert war. Er kümmerte sich um gar nichts mehr. Nicht einmal um seinen eigenen Sohn.

Dude beugte sich vor, legte die Ellbogen auf seine Knie und sah Tommy in die Augen. »Du hast recht, Scheiße passiert. Abe hat uns davon erzählt, was in deinem Leben passiert ist. Ich weiß nicht, was für ein Mann dein Vater ist ... nein, eigentlich weiß ich es. Er ist schwach. Ich sage das nicht, um dich zu ärgern, Tommy. Ich sage es, weil es die Wahrheit ist. Du willst wissen, was mit Taylor passieren würde, wenn Cheyenne irgendetwas zustößt? Ich würde dieses kleine Mädchen noch mehr lieben. Ich würde sie weiterhin so gut ich kann beschützen. Ich würde ihr jeden Tag sagen, wie sehr ich sie liebe und wie sehr ihre Mutter sie geliebt hat. Ich würde niemals etwas tun, was sie verletzen könnte. Und wenn ich aus irgendeinem Grund doch Dummheiten mache, hat sie hier fünf Onkel in Kalifornien und noch einen auf der anderen Seite des Landes, die sofort eingreifen würden, damit sie in Sicherheit ist. Sie würden mir in den Hintern treten und dafür sorgen, dass ich mich zusammenreiße, wenn es um sie geht.« Er hielt einen Moment inne, dann fragte er: »Verstehst du?«

Tommy nickte, senkte den Kopf und kämpfte gegen seine Tränen an.

Dann sprach Abe wieder und Tommy war erleichtert, dass er die Tatsache ignorierte, dass Tommy so sehr versuchte, die Tränen zurückzuhalten. »Dann sind da noch Alabama, Brinique und Davisa. Es wird Zeit, dass du ihre Geschichten erfährst, Junge. Ich weiß, dass du im Vorbeigehen schon ein paar Fetzen aufgeschnappt hast, aber du musst die ganze Geschichte kennen. Alabama wird vielleicht verärgert sein, wenn ich es dir erzähle ... nicht, weil sie sich für das schämt, was passiert ist, sondern weil sie glaubt, dass du zu jung bist. Aber ich bin mir sicher, dass du damit umgehen kannst, weil du selbst ein hartes Leben hattest. Ich wünschte bei Gott, dass du zu jung wärst und dass deine größte Sorge darin bestünde, welches Spielzeug du dir zu Weihnachten wünschst oder bei welchem Schnellimbiss wir auf dem Heimweg morgen anhalten sollen. Aber der Zug ist leider abgefahren. Wenn du es lieber nicht wissen willst oder denkst, dass du damit nicht umgehen kannst, dann sag es mir jetzt und ich werde dir nur ein paar oberflächliche Informationen geben.«

Tommy sah zu den anderen Männern, schluckte schwer und versuchte, den schwarzen Schleimkloß in seiner Kehle herunterzuschlucken. Es bedeutete ihm sehr viel, dass Abe ihn wie einen

Erwachsenen behandelte. Wahrscheinlich hatte er es nach dem, was vorhin passiert war, nicht verdient, und Tommy wusste irgendwie, dass das, was Abe ihm sagen würde, nicht schön werden würde, aber es würde vielleicht erklären, was mit Alabama in der Küche passiert war. Er wollte alle Details wissen.

»Ich kann damit umgehen«, sagte Tommy leise zu Abe.

Ohne weitere Vorwarnung begann Abe mit der Geschichte. »Die Mutter von Brinique und Davisa ist drogenabhängig ... genau wie dein Vater. Ihre Geschichte und deine sind sich so ähnlich, dass es fast unheimlich ist. Der einzige Unterschied ist, dass ich nicht glaube, dass sie gewusst haben, was Liebe ist. Ihren Vater haben sie nicht gekannt und ihre Mutter war schon immer gemein zu ihnen gewesen. Sie haben sehr früh gelernt, dass sie sich nur auf sich selbst verlassen konnten. Männliche Freunde ihrer Mutter haben versucht, sie unter ihren Kleidern zu berühren, und ihre Mutter hat nichts dagegen getan. Brinique hat ihre Schwester beschützt, so gut eine Vierjährige dazu in der Lage ist. Zum Glück hat die Polizei davon erfahren und sie dort herausgeholt. Seit diesem Tag haben sie ihre Mutter nicht mehr gesehen ... und ich glaube nicht, dass es sie stört. Aus dem einfachen Grund, weil sie niemals Liebe von ihr erfahren haben.«

»Haben sie noch mehr getan als ... sie zu berühren?«, fragte Tommy mit leiser Stimme. Brinique hatte neulich über die bösen Männer gesprochen, aber er wollte es genau wissen.

»Nein, das glauben wir nicht. Es ist schwierig, bei so kleinen Kindern alle Details zu erfahren, aber der Arzt sagt, dass ihnen das Schlimmste erspart geblieben ist.«

Tommy schluckte erneut schwer. Er hatte Brinique selbst sagen hören, dass sie berührt worden war, aber er war sehr froh, dass ihr nicht noch etwas Schlimmeres passiert war. Was mit ihm passiert war, würde er niemandem wünschen. Niemals. Er nickte.

»Also ... nun zu Alabama. Meine Frau ist in einem Haus aufgewachsen, in dem sie jeden Tag gedemütigt und misshandelt worden ist. Ihren Vater hat sie auch niemals kennengelernt. Ihre Mutter hat sie in einen Schrank eingesperrt, während sie selbst gefeiert hat. Sie hat ihr nur manchmal erlaubt, etwas zu essen. Und als wäre das noch nicht genug, wurde sie von ihrer Mutter jedes Mal geschlagen und getreten, wenn sie den Mund öffnete, um etwas zu sagen.«

»Aber sie ist dort rausgeholt und adoptiert worden … richtig?«, fragte Tommy.

»Nein.«

»Nein? Das verstehe ich nicht.«

»Mit zwölf Jahren hat ihre Mutter sie so stark mit einer Pfanne verprügelt, dass die Polizei sich schließlich eingemischt hat und sie in eine Pflegefamilie kam. Genau wie es bei dir passiert ist. Aber niemand wollte sie behalten. Jahrelang hatte ihre Mutter ihr eingebläut, den Mund zu halten, und selbst, nachdem sie von ihr weg war, blieb sie stumm. Sie hatte keine Freunde und ging allein durchs Leben.« Abe hielt inne und fing Tommys Blick auf.

Tommy sah den Mann aufmerksam an, der so ehrlich zu ihm war und ihn behandelte, als wäre er gleichwertig. Er wollte es eigentlich nicht ansprechen, aber er musste es wissen. »Was war es, was ich heute gesagt habe? Was ist mit ihr passiert?«

Abe lehnte sich wieder zurück, schaute aufs dunkle Meer hinaus und seufzte. »Als sie noch klein war und ihre Mutter anfing, sie in den Schrank einzusperren, hat ihre Mutter sie immer wieder angeschrien. Alabama hat von innen gegen die Tür geklopft und darum gebeten, herausgelassen zu werden, weil sie Angst und Hunger hatte, aber ihre Mutter schrie sie nur weiter an. Immer und immer wieder hörte sie die gleichen Worte. Und weil sie diese Worte so oft gehört hat, haben sie sich in ihrem Gehirn eingebrannt. Ein bisschen wie dein Name. Wenn jemand deinen Namen sagt, reagierst du automatisch. Verstehest du, was ich meine?«

Tommy nickte. Er glaubte zu wissen, welche Worte Abe meinte, hielt aber den Mund. Er fühlte sich innerlich unwohl.

»Als wir uns kennengelernt haben, hat sie mir davon erzählt, was mit ihr passiert ist, als sie noch klein war. Ich hatte Mitleid mit ihr, aber damals habe ich es noch nicht ganz verstanden. Dann habe ich es vermasselt, und zwar ganz gewaltig. So schlimm, dass ich Gott jeden Tag dafür danke, dass sie mir eine zweite Chance gegeben hat.«

»Was hast du gemacht?«, flüsterte Tommy.

Abe beugte sich in seinem Stuhl vor, legte die Ellbogen auf die Knie und drehte den Kopf herum, um Tommy in die Augen zu sehen. Seine Worte klangen schmerzverzerrt. »Ich habe ihr gesagt, sie soll die Klappe halten.«

Die Worte hallten durch die Nacht und Tommy atmete scharf ein.

»Als sie mich am meisten gebraucht hat, habe ich ihr gesagt, sie soll die Klappe halten. Sie hat meine Unterstützung und Liebe gebraucht, aber ich habe ihr nicht geglaubt und ihr gesagt, sie soll die Klappe halten, als sie versucht hat, mir zu erklären, was passiert war. Diese drei Worte haben all den Schmerz zurückgebracht, den sie während ihrer Kindheit hatte ertragen müssen. Es war fast so, als wäre ich ihre Mutter und hätte ihr wieder gesagt, sie soll die Klappe halten. Ich hätte sie fast verloren, Junge. Es hat lange gedauert, bis ich sie dazu gebracht habe, mir wieder zu vertrauen, sich mir wieder zu öffnen und mir eine zweite Chance zu geben. Ich bin mir nicht sicher, ob ich es wirklich verdient habe, aber Gott sei Dank hat sie mir schließlich vergeben.

Wie gesagt, wenn sie diese drei Worte hört, hat sie das Gefühl, wieder ein kleines Mädchen zu sein, machtlos und verängstigt. Diese Worte hören sich für sie an, als würde sie jeden Faustschlag und jeden Tritt ihrer Mutter erneut fühlen. *Deshalb* mag sie diese Worte nicht und deshalb hat sie dich gebeten, sie nicht zu benutzen. Als du sie heute immer wieder mit diesen Worten angeschrien hast, hat das, soweit ich es beurteilen kann, zu viele der alten Erinnerungen zurückgebracht. Es geht ihr eigentlich gut. Sie hat eine Therapie gemacht und sie hat kein Problem mehr, mit anderen zu reden. Sie liebt es, mit ihren Freundinnen zu quatschen.

Aber in letzter Zeit ist sie gestresst, weil sie möchte, dass du dich sicher fühlst. Alabama möchte dich vor allem beschützen, was dir schaden könnte. Es war heute einfach zu viel für sie.«

»Ich habe es nicht so gemeint«, flüsterte Tommy und Tränen traten ihm in die Augen. Seine Lippen begannen zu zittern.

»Das weiß ich. Genau wie ich es nicht wirklich so gemeint habe, als ich es vor Jahren zu ihr gesagt habe. Das heißt aber nicht, dass die Worte sie nicht verletzt haben«, sagte Abe sachlich.

Ohne ein weiteres Wort stand Tommy auf und lief zur Terrassentür. Er fummelte an dem Riegel herum, bevor er sie schließlich aufriss.

»Tommy, warte!«, rief Abe.

Der Junge ignorierte ihn aber und lief ins Haus. Er stolperte ins Wohnzimmer und lief auf Alabama zu, die mit der kleinen Taylor auf der Couch saß, die in ihren Armen schlief.

Tommy warf sich vor ihr auf die Knie und vergrub sein Gesicht in ihrem Schoß. Er schlang seine Arme um ihre Beine und schluchzte. »Es tut mir leid. Ich habe es nicht so gemeint. Ich schwöre, dass ich es nie wieder sagen werde. Ich verspreche es.«

Er weinte und sein ganzer Körper zitterte vor Schluchzen.

»Was in aller Welt ...«, sagte Alabama verwirrt. Abe und die anderen Männer waren Tommy in den Raum gefolgt. Dude beugte sich vor und nahm Alabama seine Tochter aus den Armen.

Alabama legte ihre Hände auf Tommys Rücken und streichelte ihn. »Schhhh, es ist okay, Tommy. Es ist in Ordnung. Beruhige dich.«

Alabama sah ihren Mann verwirrt an. »Was ist passiert?«

»Ich habe ihm erzählt, warum seine Worte dich verletzt haben.«

»Oh, Christopher ...«, sagte Alabama traurig.

»Ich weiß, dass du es ihm nicht erzählen wolltest, aber er musste es wissen«, sagte Abe zu seiner Frau. »Erstens, weil ich dich beschützen muss und nicht will, dass er es noch einmal sagt, und zweitens, weil er wissen sollte, dass von allen Personen in diesem Haus *du* diejenige bist, die am besten verstehen kann, was er durchmacht.«

Tommy hielt seinen Kopf in Alabamas Schoß vergraben und weinte.

»Komm schon, wir bringen ihn in sein Zimmer«, sagte Abe und legte seine Hand unter Alabamas Arm, um ihr beim Aufstehen zu helfen.

Sie stand auf, aber Tommy ließ sie nicht los. Alabama beugte sich vor und zog Tommy hoch. Er folgte und sprang ihr sofort in die Arme. Alabama geriet unter seinem Gewicht fast ins Stolpern, aber Abe war da, um sie und Tommy festzuhalten.

Tommy legte die Arme um Alabamas Hals und vergrub sein Gesicht an ihrer Schulter. Er verschränkte seine Hände hinter ihrem Rücken und sie verließen den Raum in Richtung Schlafzimmer. Brinique und Davisa folgten ihren Eltern schnell, obwohl sie nicht sicher waren, was los war. Sie wollten aber in der Nähe von Abe und Alabama sein.

Das Schlusslicht der kleinen Prozession bildete der kleine, hässliche Troll, als die Familie in den Flur verschwand.

»Meinst du, sie sind in Ordnung?«, fragte Jessyka leise. Benny trat neben sie und legte seinen Arm um ihre Taille.

»Ja.«

»Hat Abe ihm alles über Alabama und die Kinder erzählt?«, fragte Fiona.

»Ja, er musste es hören. Besonders nach dem, was heute passiert ist, als er ihr gesagt hat, sie soll die Klappe halten«, sagte Cookie leise.

»Es wird ihnen gut gehen«, verkündete Caroline.

»Ja, das wird es«, stimmte Wolf zu.

Die Gruppe ließ sich zusammen mit ihren Kindern wieder nieder, die alle in ihren eigenen Gedanken versunken waren, und betete, dass Abe und Alabama die richtigen Worte finden würden, damit Tommy sich besser fühlte. Der Junge hatte kein leichtes Leben gehabt und obwohl keinem von ihnen gefiel, was an diesem Nachmittag passiert war, wussten sie alle, dass Alabama hart im Nehmen und so voller Liebe war, dass sie Tommy bereits vergeben hatte. Jetzt musste Tommy sich nur noch selbst dieser Liebe öffnen.

KAPITEL ACHT

Zu fünft lagen sie auf dem großen Doppelbett. Tommy lag zwischen Alabama und Abe, Brinique war an Abes andere Seite gekuschelt und Davisa an Alabamas. Gamjee hatte sich in einer Ecke des Raumes niedergelassen ... und beobachtete die Menschen.

»Warum hat mein Vater mir das angetan?«, fragte Tommy mit leiser Stimme und wandte den Blick von Alabama ab, als er seinen Kopf auf ihre Schulter senkte. Er konnte Abes gleichmäßigen Atem auf seinem Rücken spüren. Tommy überlegte, dass er Angst haben sollte, mit dem großen Mann in einem Bett zu liegen, aber tief in seinem Inneren erkannte er schließlich, dass Abe ihn niemals verletzen würde.

»Ich weiß es nicht«, sagte Alabama leise.

»Ich meine, wir waren glücklich! Er hat meine Mutter und mich geliebt. Ich verstehe nicht, wie er sich so sehr verändern konnte.«

»Tommy, sieh mich an«, sagte Abe leise.

Tommy drehte sich auf den Rücken, hielt dabei aber Alabamas Hand fest. Er blickte hoch und sah Abes intensiven Blick.

»Ich kenne deinen Vater nicht, aber ich glaube, dass er seine Frau und dich sehr geliebt hat. Manchmal macht Trauer sehr seltsame Dinge mit Menschen.«

Tommy nickte.

»Das entschuldigt sein Verhalten aber nicht«, sagte Abe ernst. »In keiner Weise kann ich dulden, was er dir angetan hat, verstanden?«

Tommy nickte erneut.

»Meine Arbeit ist sehr gefährlich. Jedes Mal wenn ich auf Mission gehe, wissen Alabama und ich, dass ich möglicherweise nicht wieder nach Hause komme.«

Brinique machte ein quietschendes Geräusch und vergrub ihre Nase an Abes Schulter.

»Ich sage das nicht, um euch zu erschrecken«, beruhigte Abe seine Familie rasch. »Und ich bin sehr gut in dem, was ich tue. Aber es könnte auch genauso gut ein Unfall zu Hause passieren, während ich weg bin, oder einen Autounfall oder jemand könnte krank werden. Ich will damit sagen, das Leben ist kostbar. Ich versuche, jeden Tag so zu leben, als wäre es mein letzter. Das bedeutet, Alabama jeden Tag zu sagen, wie sehr ich sie liebe, und dafür zu sorgen, dass Brinique und Davisa sicher und glücklich sind … und das schließt dich jetzt mit ein, Tommy. Denn Scheiße passiert jeden Tag.«

»Christopher«, protestierte Alabama erneut.

»Entschuldige, Süße.« Abe lächelte seine Frau reumütig an. »Dinge passieren. Aber ich werde dir sagen, was niemals passieren wird.« Er hielt inne.

Tommy hob den Kopf und sah zu dem großen, imposanten Mann neben ihm auf. »Was?«

»Sollte Alabama sterben, würde ich niemals etwas tun, was meine Kinder verletzen könnte. Natürlich wäre ich traurig und am Boden zerstört. Ich könnte mich ein paar Nächte lang mit meinen Freunden betrinken, aber ich bin stark genug, um zu wissen, dass ihr genauso darunter leiden würdet wie ich und mich umso mehr braucht. Und wenn ich sterben sollte und Alabama euch allein großziehen muss, dann würde sie genau das Gleiche tun.«

Tommy ließ den Blick zu Alabama wandern. Sie

sah Abe an, als hätte er ihr gerade den Himmel und die Sterne versprochen. Er wusste es, weil er den gleichen Ausdruck in den Augen seiner Mutter gesehen hatte, bevor sie gestorben war.

»Um deine Frage zu beantworten, Tommy«, fuhr Abe fort, »ich weiß nicht, warum dein Vater getan hat, was er getan hat. Aber er war ein Idiot.«

Tommy hob überrascht die Augenbrauen. »Ich verstehe nicht.«

Abe fuhr mit seiner Hand über Tommys Kopf. »Er hatte den besten Teil seiner Frau direkt vor sich und konnte es nicht sehen.«

»Und was war das?«

»Du, Tommy. Er hatte dich.«

Tommys Augen füllten sich wieder mit Tränen und er kämpfte damit, sie zurückzuhalten. »Ich vermisse ihn. Nicht den stinkenden, beängstigenden Mann, der er zum Schluss gewesen ist, aber den Mann, der er vorher war.«

»Ich weiß.«

»Unsere Mutter hat uns nicht geliebt«, sagte Davisa traurig neben Alabama. »Warum nicht? Was haben wir falsch gemacht?«

»Oh, Schätzchen«, sagte Alabama traurig, »ihr wart nicht schuld daran. Manche Menschen sind einfach nicht dafür gemacht, Eltern zu sein. Genau wie meine Mutter.«

»Deine Mutter war genauso gemein zu dir«, sagte Davisa. Es war keine Frage.

»Ja, das war sie. Das heißt aber nicht, dass ich nicht liebenswert war. Willst du wissen, woher ich das weiß?«

»Ja.«

»Von deinem Daddy und euch. Und von all meinen Freundinnen und Freunden in diesem Haus. Nur weil eine Person dich nicht liebt, heißt das nicht, dass du nicht liebenswert bist. Es bedeutet nur, dass diese Person das Problem ist, nicht du.«

Davisa nickte und kuschelte sich zurück an Alabama.

Plötzlich kicherten alle drei Kinder leise.

»Was?«, fragte Abe.

»Gamjee versucht, so zu tun, als würde er nicht weinen«, erklärte Tommy.

»Dein imaginärer Freund?«, fragte Abe lächelnd. »Cool.«

Schließlich schliefen die Kinder ein und Alabama sah zu Abe hinüber. »Es bricht mir das Herz.«

Der große harte SEAL lächelte. »Genau das

Gleiche hast du in der ersten Woche gesagt, als Brinique und Davisa zu uns kamen.«

Alabama lächelte schwach. »Es ist jetzt genauso wahr wie damals. Glaubst du, er wird es überwinden können?«

»Ja«, sagte Abe sofort. »Er ist ein kluges Kind. Mit unserer Hilfe wird er es schaffen. Nächste Woche hat er den ersten Termin bei der Kinderpsychologin. Sie wird ihm auch helfen.«

»Ich liebe dich. Und fürs Protokoll ... du darfst noch nicht so bald sterben.«

Abe lächelte seine Frau an. »Das Gleiche gilt für dich«, flüsterte er.

Sie beugten sich vor und küssten sich unbeholfen über Tommys Kopf.

»Schlaf ein bisschen, Süße. Morgen wird alles besser. Das spüre ich.«

Irgendwann in der Nacht verließ Gamjee den Raum und ging in das große Wohnzimmer. Die Zeit wurde langsam knapp und er musste einen Plan machen. Es war ein sehr heikles Thema und König Matuna hatte ihm gesagt, dass er unbedingt erfolgreich sein musste. Tommy war eine sehr bedeutende Zukunft vorausbestimmt und Gamjee hatte Todesangst, dass er es vermasseln könnte.

Er schloss die Augen und innerhalb von Sekunden konnte er seinen König hören.

»Glaubst du, er wird es begreifen, wenn es passiert?«, fragte Gamjee.

»Ich glaube, ja«, antwortete König Matuna. »Nach dem heutigen Abend hat er eine bessere Grundlage und weiß, dass Alabama und Abe nur das Beste für ihn wollen.«

»Wenn nicht, könnte es wirklich schlecht ausgehen«, überlegte Gamjee.

»Er schafft das. Du musst an ihn glauben und an dich selbst«, belehrte Matuna ihn.

»Ich mache mir Sorgen, dass er nicht genügend Zeit hatte, um ihre Liebe wirklich zu verstehen.«

»Er hat ein schreckliches Leben gehabt, das lässt sich nicht leugnen«, sagte König Matuna, »aber er ist ein kluger Junge. Er wird das Gute erkennen, wenn er es sieht. Und Abe hat genau das Richtige getan, ihm von den anderen Frauen und von Alabama, Davisa und Brinique zu erzählen. Wenn es darauf ankommt, wird er tun, was nötig ist, um sie zu beschützen. Und außerdem ... hat er dich.«

Zum ersten Mal seit langer Zeit fühlte Gamjee sich gut bei seiner Mission. Ja, der kleine Tommy hatte ihn. Er war nicht der größte imaginäre Freund und er war nicht der, den die meisten Kinder sich wünschten, aber als es darauf ankam, hatte der kleine Tommy ihn akzeptiert. Mit nur einem Gedanken hätte er ihn zurück nach Assbucket verbannen können, aber das hat er nicht getan. Er war immer noch hier, und das bedeutete, dass Tommy ihn hier haben wollte.

»Ich werde dich nicht enttäuschen«, sagte Gamjee zu seinem König.

»Dessen bin ich mir sicher«, entgegnete Matuna.

Gamjee nickte zustimmend. »Ich bin bereit.«

Eine Sekunde später war Gamjee wieder allein. Er kroch zurück in den Raum mit den Menschen und starrte Tommy an. Der kleine Junge schlief tief und fest und zum ersten Mal seit seiner Ankunft war Gamjee nicht derjenige gewesen, der ihn dazu gebracht hatte, gute Träume zu haben.

»Schlaf gut, Tommy. Es liegen ein paar arbeitsreiche Tage vor uns«, sagte der Troll mit leiser Stimme.

KAPITEL NEUN

Der Sonntagmorgen im Strandhaus verlief ruhig. So ruhig, wie es in einem Haus voller Freunde und kleiner Kinder sein konnte. Tommy war ruhiger als sonst, als er sich die Zeit nahm, die Familien zusammen zu beobachten. Zu hören, was die Frauen durchgemacht hatten, hatte ihm die Augen geöffnet. Er hatte sich so lange darüber den Kopf zerbrochen, was mit ihm passiert war, dass es sich fast gut anfühlte zu wissen, dass es andere Menschen gab, die Ähnliches durchgemacht hatten.

Nicht nur durchgemacht, sondern überlebt hatten. Es war nicht so, dass er irgendjemandem wünschte, dieselben schrecklichen Dinge erlebt zu haben wie er, sondern die Tatsache, zu sehen, wie glücklich Fiona trotzdem zu sein schien ... genau wie

Brinique, Davisa und Alabama. Es war … fast befreiend. Es gab ihm die Hoffnung, dass auch er eines Tages glücklich sein könnte.

Der schwarze Schleimkloß war immer noch da, aber er schien weiter zu schrumpfen. Er musste nicht mehr daran würgen … jedenfalls nicht mehr die ganze Zeit.

Auf dem Heimweg legte Tommy ein stilles Gelübde ab zu versuchen, ein besserer Bruder zu werden. Ein besseres Kind im Allgemeinen. Das Ende des Films *Das Geheimnis von Green Lake* brachte ihn noch auf einen anderen Gedanken … das, was passieren sollte, würde auch passieren. Alles geschah aus einem bestimmten Grund. Natürlich wurde der Junge zu Beginn des Films zu Unrecht verhaftet, obwohl er die Schuhe nicht gestohlen hatte, aber alles, was ihm danach passierte – egal wie schrecklich es schien –, hatte passieren müssen, damit er am Ende an einen glücklichen Ort kam. Die Botschaft des Films bewegte Tommy wirklich.

Als sie zu Hause ankamen, half Tommy beim Auspacken des Gepäcks, anstatt mürrisch auf sein Zimmer zu stampfen. Er bedankte sich bei Brinique, als sie ihm seinen Koffer reichte. Er half Davisa, die Kühlbox zurück ins Haus zu tragen. Und als

Alabama ihn bat, die Pflanzen zu gießen, tat er es, ohne sich zu beschweren.

Abe hatte seine neue Einstellung bemerkt und sie abends beim Gutenachtsagen kommentiert. »Ich bin stolz auf dich, Junge.«

»Warum?«

»Weil du dich so sehr bemühst. Ich weiß das sehr zu schätzen. Du hast keine Ahnung, wie viel das Alabama bedeutet – und mir.«

Tommy zuckte die Achseln. »Ich habe über alles nachgedacht, was du an diesem Wochenende zu mir gesagt hast. Und ... es tut mir leid, dass ich so gemein war.«

Abe legte eine Hand auf seine Schulter. »Ich verstehe. Schlussendlich hast du eine Entscheidung zu treffen, aber es sieht so aus, als hättest du sie bereits getroffen, und es macht mich sehr glücklich zu sehen, dass du die richtige Entscheidung getroffen hast. Bei allem, was du im Leben tun wirst, hast du eine Wahl. Wie du auf Situationen reagierst, was du sagst, was du tust, wie sehr du dich anstrengst. Du hast das Recht, verärgert und wütend darüber zu sein, was dir passiert ist, du hast aber auch die Wahl, es hinter dir zu lassen und weiter voranzukommen. Möchtest du den Unterschied zwischen Erfolg und Misserfolg wissen?«

»Ja«, sagte Tommy mit leiser Stimme. Es war lange her, seit jemand zu ihm gesagt hatte, er wäre stolz auf ihn. Es fühlte sich gut an und ließ den schwarzen Schleimkloß in seiner Magengrube fast vollständig verschwinden. Er hatte jetzt nur noch die Größe einer Erbse und nicht mehr die eines Basketballs.

»Nicht aufzugeben und die richtige Entscheidung zu treffen«, sagte Abe und drückte sanft seine Schulter. »Leider ist es nicht immer einfach, die richtige Entscheidung zu treffen. Manchmal ist es verdammt schwer, es herauszufinden. Aber ich weiß, dass du auf dem richtigen Weg bist.« Abe drückte ihn liebevoll und ging zur Tür. Als er dort ankam, blieb er stehen und drehte sich noch einmal um.

»Du solltest wissen, Tommy, dass Alabama und ich dich adoptieren wollen. Wir möchten, dass du für immer ein Teil unserer Familie wirst. Wir hätten dich nicht zu uns nach Hause geholt, wenn wir das nicht wollten. Es geht uns nicht um das Geld, das der Staat uns gibt. Wenn du es genau wissen willst, wird dieses Geld auf ein Extrabankkonto überwiesen, das dir als Erwachsener zur Verfügung stehen soll. Ich dachte, du solltest das wissen. Ich weiß, dass das für dich alles sehr schnell geht und dass die Adoption noch eine Weile dauern kann, aber wir wünschen uns nichts lieber, als dass du Tommy Powers wirst. Denk daran, wenn du deine Entscheidungen triffst. Wir werden dich nicht aufgeben und wir hoffen, dass du uns auch nicht aufgibst.«

Ohne ihm die Möglichkeit zu geben zu antworten, schloss Abe die Tür hinter sich und überließ Tommy seinen Gedanken.

Montag und Dienstag bemühte sich Tommy sehr, bessere Entscheidungen zu treffen. Es war nicht einfach. Abe hatte ihn gewarnt, dass es nicht immer einfach sein würde, aber er versuchte sein Bestes. Tommy war immer noch wütend über das, was mit ihm passiert war, immer noch verwirrt und verärgert über seinen Vater. Aber die warmen Blicke, die Alabama ihm zuwarf, wenn er Bitte und Danke sagte, trugen wesentlich dazu bei, den Zorn in ihm zu besänftigen.

Als Abe ihm auf den Rücken klopfte und sagte: »Danke, dass du dich um die Mädchen kümmerst, wenn ich bei der Arbeit bin«, fühlte er sich drei Meter groß.

Es war auch sehr schwer, in Gamjees Gegenwart mürrisch zu sein. Der Troll war eigentlich ziemlich lustig. Schlimme Worte ließ er öfter durchgehen. Worte, von denen Tommy wusste, dass Alabama sich aufregen würde, wenn sie sie hörte. Sie redeten ununterbrochen über den Heimatort des Trolls, Assbucket in Maine, und er erzählte die lustigsten und fantastischsten Geschichten darüber, was in der kleinen Stadt vor sich ging.

Tommy hatte Gamjee gebeten, ihm auf einer Karte zu zeigen, wo Assbucket liegt. Der Troll hatte sich aber geweigert, es ihm zu zeigen, und behauptet, dass jeder dorthin ziehen würde, wenn bekannt würde, was für eine großartige Stadt es wäre. Und dann würde es bald nicht mehr so ein wunderbarer Ort sein.

Gamjee hatte außerdem gesagt, dass Menschen den Ort nicht so einfach besuchen könnten, Tommy wünschte sich aber trotzdem, dorthin fahren zu können. Es klang, als würden dort eine Menge verrückter Dinge vor sich gehen ... und er wollte unbedingt andere imaginäre Freunde sehen, die andere Kinder sich wünschten.

»Ich wünschte, du könntest mit mir zur Schule kommen«, sagte Tommy eines Abends zu Gamjee. »Es wäre so viel cooler, wenn du dabei wärst.«

»Schule? Auf keinen Fall«, spottete der Troll.

»Du könntest morgens alle Brotdosen durchsuchen. Vielleicht kannst du sogar ein paar Leckerbissen abbekommen, wenn die Leute bei der

Essenausgabe nicht aufpassen«, neckte Tommy mit einem Lächeln.

»Hmmm, die Brotdosen haben einen gewissen Reiz, aber wir wissen beide, was Schule noch bedeutet«, sagte Gamjee. »Still sitzen, Mund halten, Mathematik, Lesen. Nein danke! Da bleibe ich lieber hier und hänge rum, bis du nach Hause kommst.«

»Ich habe eine Frage«, sagte Tommy, setzte sich im Schneidersitz aufs Bett, stützte die Ellbogen auf die Knie und legte das Kinn auf seine Hände.

»Schieß los.« Gamjee winkte mit der Hand und bedeutete ihm weiterzureden.

»Wieso können nur Brinique, Davisa und ich dich hören und sehen? Ich meine, es wäre wirklich cool, wenn die anderen Kinder oder sogar Abe und Alabama dich auch sehen könnten.«

Gamjee nickte und sagte: »Es ist so, normalerweise greift meine Art nicht in die Geschehnisse in der menschlichen Welt ein. Das ist eine Art Regel. Ich meine, wir kommen zu Besuch und helfen einigen Menschen, sich für eine Weile besser zu fühlen, aber wir bleiben niemals sehr lange und offenbaren uns nur dem Menschen, dem wir gerade helfen. In deinem Fall habe ich eine Sondergenehmigung bekommen, damit Brinique und Davisa mich auch sehen dürfen.«

»Warum?«

Das war eine gute Frage. Gamjee wusste, dass er es ihm nicht sagen konnte, und lenkte ab. »Abgesehen von der Tatsache, dass ich versuche, mir mehr Punkte zu verdienen, um bald meinen Freund Erasto wiederzusehen, ist es einfacher, wenn sie mich auch sehen können. Du bist ein besonderer kleiner Junge und ich wollte sichergehen, dass du weißt, was für großartige Menschen Abe und Alabama sind. Außerdem ist das Wetter hier in Südkalifornien viel besser als in Maine«, warf er lachend ein.

Tommy sah verwirrt aus. »Aber warum ich?«

»Weil du dazu bestimmt bist, in der Zukunft eine bedeutende Rolle in der Menschenwelt zu spielen, Tommy«, sagte Gamjee ernst.

»Ich?« Er schüttelte den Kopf. »Ich bin überhaupt nicht bedeutend. Du weißt, was mit mir passiert ist. Ich bin dreckig.«

Der Troll behielt den Augenkontakt mit Tommy aufrecht. »Nein, das bist du nicht. Die Männer, die dir wehgetan haben, sind dreckig. Ich kann dir nicht sagen, was du in deinem Leben tun wirst, was so bedeutend für alle Menschen in diesem Land sein wird, aber du musst mir glauben, wenn ich dir sage, dass es so sein wird. Ich bin hier, um dafür zu sorgen, dass du diese Chance bekommst, zu verstehen, wie bedeutend du wirklich bist.«

»Ich verstehe es nicht«, flüsterte Tommy.

»Es ist wie in dem Film *Das Geheimnis von Green Lake*«, versuchte Gamjee zu erklären. »Alles, was du tust, hat Konsequenzen. Du hast vielleicht keine Ahnung, was du für jemanden tun kannst, und es wird dir erst Jahre später klar. Es ist ein bisschen wie Physik. Jede Wirkung hat eine Ursache«, sagte Gamjee.

»Hä?«, antwortete Tommy mit zusammengekniffenen Augenbrauen.

»Kausalitätsgesetz, du weißt schon«, sagte der Troll ungeduldig.

»Äh, nein, ich habe keine Ahnung, wovon du redest.«

»Ach, ich habe ganz vergessen, dass du erst zehn bist. Das lernst du erst in ein paar Jahren. Ich meine jedenfalls, dass die Dinge, die heute passieren, einen Einfluss darauf haben werden, was Jahre später in der Zukunft passiert.«

Tommy nickte langsam. »Du meinst, wenn ich mich weiter wirklich gemein verhalten hätte und Alabama und Abe beschlossen hätten, mich nicht zu behalten, dann könnte etwas Gutes, das ich in der Zukunft tun werde, vielleicht nicht mehr eintreten?«

»Genau.« Gamjee strahlte Tommy mit einem seltsamen Trolllächeln an.

»Also bist du hier, weil du willst, dass ich nett bin?«

Gamjee seufzte. »Nein, so meinte ich das nicht. Es spielt auch keine Rolle. Aber du solltest wissen, dass ich nicht für immer hier sein werde. Ich werde bald nach Assbucket zurückkehren müssen. Meine Zeit hier ist fast vorbei.«

»Du wirst gehen? Aber ... ich möchte nicht, dass du gehst ... ich rede gern mit dir«, schmollte Tommy.

»Mir gefällt es hier auch. Alabama ist so nett und ich mag alles, was sie zum Abendessen kocht. Aber mein Platz ist in Assbucket, genau wie dein Platz hier in Riverton bei Alabama und Abe und deinen Schwestern ist.«

Tommy starrte Gamjee an. »Meine Schwestern?«

»Ja, Brinique und Davisa.«

»Auf diese Weise habe ich noch gar nicht über sie gedacht«, sagte Tommy.

»Ich weiß aus verlässlicher Quelle, dass sie so über dich denken«, sagte Gamjee zu ihm. »Heute erst hat Brinique mit dir geprahlt. Sie hat gesagt, dass sie jetzt einen älteren Bruder hat.«

»Hat sie das?«

»Allerdings. Sie hat einem Jungen in ihrer Klasse

gesagt, dass ihr großer Bruder ihn verprügeln wird, wenn er nicht aufhört, sie an den Haaren zu ziehen.«

Tommy sah den Troll erstaunt an, als er seine Worte einsinken ließ. »Ich bin ihr älterer Bruder.«

»Jaaa...« Das Wort zog sich in die Länge, als Gamjee es aussprach.

»Und ich bin größer als sie. Ich kann sie beschützen, wenn es sein muss. Sie hatten noch nie einen älteren Bruder. Besonders Brinique. Sie musste immer Davisa beschützen, aber niemand war da, um sie vor ihrer Mutter und den gemeinen Männern zu beschützen.«

»Genau«, stimmte Gamjee zu.

»Und ich habe Abe, der mich beschützt.«

»Ich glaube, jetzt hast du es verstanden«, sagte der Troll.

Tommy legte sich auf seinem Bett zurück und sah an die Decke. Seine Gedanken wirbelten um alles, was der Troll ihm gesagt hatte. Am meisten blieb jedoch hängen, dass er jetzt ein großer Bruder war. Er wurde *gebraucht*.

Er erinnerte sich an das, was Dude gesagt hatte. Dass es seine Aufgabe war, sich um seine Frau und sein Kind zu kümmern, weil er größer und stärker war als sie. Er könnte das für Brinique und Davisa tun. Er könnte ihr Beschützer sein.

Zum ersten Mal seit einer Ewigkeit klickte etwas in Tommy. Seit seine Mutter gestorben war, hatte er sich verloren gefühlt, weggeworfen, als wäre er allein auf der Welt. Aber plötzlich war er nicht mehr allein.

Tommy drehte den Kopf herum und sah den Troll an, der ihn anstarrte. »Ich werde dich vermissen.«

»Ich werde dich auch vermissen«, sagte Gamjee zu ihm. »Aber du wirst damit beschäftigt sein, zu dem bedeutenden Mann zu werden, zu dem du bestimmt bist. Vielleicht sehen wir uns eines Tages wieder.«

Tommy nickte. »Eines Tages werde ich nach Assbucket kommen. Ich möchte König Matuna und deinen Freund Erasto kennenlernen.«

»Ich freue mich darauf, junger Tommy«, sagte Gamjee feierlich. »Es wird mir eine Ehre sein, dich dort zu empfangen.«

KAPITEL ZEHN

Mittwoch war ein guter Tag gewesen, Donnerstag nicht so sehr. Tommy redete nicht gern mit der Psychologin. Alabama hatte ihm gesagt, dass nichts verwerflich daran wäre, darüber zu reden, was mit ihm passiert war. Aber jedes Mal, wenn er darüber sprach, schwoll der schwarze Schleimkloß wieder an und drohte ihm den Hals zuzuschnüren.

Also war er an dem Tag des Termins in der Schule mürrisch gewesen. Er hatte einen Test verhauen, weil er das Blatt Papier aus Frust leer gelassen hatte. Er hatte nicht auf seine Lehrerin gehört, als sie ihm sagte, er sollte aufhören zu quatschen. Während der großen Pause hatte er einem Jungen auf den Arm geschlagen, als er ihm den Ball nicht geben wollte. Und auf dem Weg zur Arztpraxis hatte er sich geweigert, mit Alabama zu sprechen.

Der Termin selbst war jedoch in Ordnung gewesen. Die Frau, mit der er sprechen musste, war nett und hatte ihn nicht gezwungen, über etwas zu reden, was er nicht wollte. Tommy war aber trotzdem nervös gewesen. Darüber nachzudenken, was die bösen Männer ihm angetan hatten, ohne dass sein Vater etwas dagegen unternommen hatte, war beängstigend.

»Ich weiß, es ist schwer, darüber zu reden, was mit dir passiert ist, Tommy«, hatte die Ärztin mit leiser Stimme gesagt. »Es wird vielleicht niemals einfacher, aber ich verspreche dir, dass alles, was du mir erzählst, hier unter uns bleiben wird.«

»Sie werden es Abe und Alabama nicht erzählen?«, hatte Tommy gefragt. Das war eine seiner größten Ängste. Er wollte nicht, dass sie darüber Bescheid wussten, was passiert war. Er wusste, dass sie es wahrscheinlich verstehen würden, aber es war ihm peinlich und er wollte nicht, dass sie jedes Mal an diese Männer dachten, wenn sie ihn ansahen.

»Nein«, hatte die Ärztin ihn beruhigt, »es liegt an dir zu entscheiden, was sie wissen sollen. Aber du kannst mich jederzeit fragen, was du willst. Ich werde immer ehrlich zu dir sein. Auch wenn die Antwort vielleicht schwer zu ertragen ist.«

Tommy hatte genickt und begonnen, die Frau, die auf dem Stuhl vor ihm saß, zu respektieren. Er hasste es, wie ein Baby behandelt zu werden. »Vielleicht habe ich beim nächsten Mal etwas mehr zu erzählen«, hatte er eingeräumt.

»Vielleicht«, hatte die Ärztin mit einem Lächeln zugestimmt.

Er war nicht gerade gut gelaunt gewesen, als sie die Arztpraxis verlassen hatten, aber der schwarze Schleimkloß in seinem Bauch war wieder auf eine überschaubare Größe geschrumpft.

»Willst du unterwegs ein Eis holen?«, fragte Alabama auf dem Heimweg.

Tommy schüttelte den Kopf. »Nein, schon in Ordnung.«

»Bist du sicher?«

»Ja, es wäre nicht fair, wenn ich ein Eis bekäme und Brinique und Davisa nicht.«

Alabama sah ihn bei seiner Antwort überrascht an, lächelte aber. »Das ist sehr nett von dir, Tommy. Ich bin sicher, sie wären traurig, aber sie mussten heute auch nicht so etwas Schwieriges tun wie du. Wie wäre es, wenn wir uns nach dem Abendessen alle zusammen ein Eis holen? Du weißt es noch nicht, aber Eis ist eine von Christophers Lieblings-nachspeisen.«

Er lächelte Alabama an. »Hört sich gut an.«

»Ich bin froh, dass du hier bist, Tommy«, sagte Alabama zu ihm.

»Ich auch«, erwiderte er und er meinte es so. Tommy war froh, Alabama und Abe Powers als Pflegeeltern bekommen zu haben – und vielleicht noch mehr. Er war noch nicht bereit, über diese Brücke zu gehen, selbst nachdem Abe ihm erzählt hatte, dass sie ihn adoptieren wollten, aber er würde sich mit Sicherheit nicht darüber beschweren.

Sie bogen in die Einfahrt ihres Grundstücks ein und Alabama sagte zu ihm: »Brinique und Davisa werden bald kommen. Caroline hat sie von der Schule abgeholt und wird sie in etwa dreißig Minuten nach Hause bringen.« Sie machte eine Pause, holte tief Luft und fuhr fort: »Ich bin stolz auf dich, Tommy. Und ich hoffe, du fühlst dich nicht schlecht dabei, mit einem fremden Menschen zu sprechen. Mir hat es immer sehr geholfen. Es tut gut, mit jemandem darüber sprechen zu können, wie ich mich fühle, ohne mir Sorgen machen zu müssen, dass dieser Mensch sich schlecht fühlt wegen dem, was ich ihm erzähle. Ich liebe Christopher über alles, aber wenn ich ihm verraten würde, was in meinem Kopf herumspukt, würde er es für mich in Ordnung bringen wollen ... und dadurch würde er mich anders behandeln. Und das will ich nicht. Ich möchte, dass mein Mann mich als starke und fähige Frau sieht, auch wenn ich mich selbst nicht immer so fühle ... verstehst du, was ich meine?«

»Ja, ich verstehe«, sagte Tommy zu ihr. Und das tat er wirklich. Er wollte normal sein und als normal angesehen werden, aber tief im Inneren fühlte er sich nicht wirklich normal. Je mehr er darüber nachdachte, desto mehr wurde ihm klar, dass Alabama recht hatte. Es könnte ihm vielleicht wirklich helfen, mit jemandem zu reden, der ihn nicht wirklich kannte. Jemand, mit dem er nicht zusammenlebte.

»Gut, lass uns reingehen und eine Kleinigkeit essen. Du kannst eine Weile in deinem Zimmer spielen, bis Brinique und Davisa nach Hause kommen, und dann könnt ihr alle rausgehen und etwas frische Luft schnappen, bevor es Zeit für die Hausaufgaben ist.«

»Hört sich gut an.« Tommy stieg aus dem Wagen und ging mit Alabama ins Haus. Zum ersten Mal seit langer Zeit fühlte sein Leben sich in Ordnung an.

Vierzig Minuten später saß Tommy auf der

Treppe vor dem Haus und sah zu, wie seine Schwestern mit Gamjee spielten. Sie spielten eine Art Fangen. Gamjee versuchte, vor den kleinen Mädchen davonzulaufen. Tommy hatte keine Ahnung, wie er es anstellte, da er nicht nur übergewichtig war, sondern auch noch sehr kurze Beine hatte. Er sah nicht so aus, als könnte er sich besonders schnell bewegen, aber irgendwie konnten weder Brinique noch Davisa ihn abschlagen.

»Das ist unfair!«

»Du schummelst!«

»Fangt mich doch, wenn ihr es könnt!«

Die fröhlichen Stimmen hallten durch den Garten und Tommy musste lachen. Es war lange her, dass er über irgendetwas gelacht hatte. Zumindest kam es ihm so vor.

Er stand auf, um seinen Schwestern zu helfen und sich dem lustigen Spiel anzuschließen, als ein dunkelblaues Fahrzeug vor dem Haus anhielt.

Wie in Zeitlupe sah Tommy, wie sein Vater aus dem Wagen stieg, die Tür weit geöffnet ließ und auf ihn zukam.

Er verstand nicht, wie er hier sein konnte ... er sollte im Gefängnis sein.

Tommy wich so schnell er konnte zurück, stolperte und fiel auf seinen Hintern.

Sein Vater stand mit den Händen in den Hüften vor ihm und starrte ihn an. »Steh auf! Es ist Zeit, nach Hause zu gehen, wo du hingehörst.«

Der große schwarze Schleimkloß in Tommys Bauch schwoll so schnell an, dass er ihm die Luft abschnitt und es Tommy unmöglich machte zu sprechen. Er schüttelte den Kopf. Nein, er wollte mit diesem Mann auf keinen Fall mitgehen.

Der Vater, den er einmal gekannt hatte, existierte nicht mehr. Der Mann, der vor ihm stand, war noch viel dünner als beim letzten Mal, als er ihn gesehen hatte. Sein Haar war fettig und hing schlaff über seine Ohren herunter. Er hatte sogar ein seltsames schwarzes Tattoo auf seinem Arm, das vorher noch nicht da gewesen war.

Mit einer Hand griff er nach Tommy und der Junge bemerkte, dass sie dreckig war. Er hatte schwarzes Zeug unter den Fingernägeln.

»Ich habe gesagt, du sollst aufstehen«, wiederholte sein Vater.

»Lass ihn in Ruhe!«, forderte Brinique. Sie war neben Tommy getreten und starrte den Mann an.

»Ja! Er gehört zu uns. Du kannst ihn nicht mitnehmen!«

Davisas Worte fühlten sich gut an, aber Tommy hatte keine Zeit, darüber nachzudenken. Er rutschte weiter von dem Mann weg und wusste, dass er wahrscheinlich Grasflecke auf der Hose bekam. Alabama würde es ihm hoffentlich nachsehen, wenn sie hörte, wie sie dort hingekommen waren.

Anstatt ihm weiter nachzugehen, tat sein Vater jetzt etwas, das Tommy nicht erwartet hatte.

Er drehte sich zu Davisa um, packte sie am Arm und riss ihn nach oben, bis das kleine Mädchen auf den Zehenspitzen stand. Sie jammerte vor Schmerzen, als sie versuchte, sich aus seinem festen Griff zu befreien.

»Okay, dann nehme ich sie mit. Ich kenne ein paar Männer, die eine kleine schwarze Muschi lieben werden.«

Tommy wusste nicht, was Katzen mit seiner Schwester zu tun hatten, aber was auch immer es bedeutete, es klang nicht gut. »Lass sie in Ruhe! Ich komme mit.« Schnell stand er auf und versuchte, den großen schwarzen Kloß herunterzuschlucken, der weiter in seiner Kehle steckte.

Sein Vater griff stattdessen nach Brinique. Sie versuchte wegzulaufen, war aber nicht schnell genug.

»Vergiss es, ich glaube, ich nehme lieber diese hübschen jungen Dinger mit. Sie sind viel mehr Geld wert als du«, sagte er, während er die weinenden Mädchen zu seinem Wagen zog. Tommy lief hinter ihnen her und zog mit aller Kraft an Davisas freier Hand, was seinen Vater jedoch nicht aufhielt. Er schob Brinique in den Wagen und knurrte: »Rutsch rüber, du kleine Schlampe, oder ich werde deiner Schwester wehtun.«

Sie tat sofort, was er verlangte.

Tommy sah, wie ängstlich sie war – und plötzlich realisierte er etwas.

Sie war seine Schwester. Es war seine Aufgabe, sie zu beschützen. Der Mann, der früher sein Vater gewesen war, war vielleicht größer und stärker als er, aber Tommy wusste, was mit seinen Schwestern passieren würde, wenn er sie mitnahm.

Als Davisa neben ihre Schwester auf den Vordersitz gequetscht wurde, öffnete Tommy so schnell er konnte die Hintertür und sprang hinein. Wenn sein Vater dachte, er könnte Brinique und Davisa mitnehmen und ihn nicht, hatte er sich getäuscht.

»Warte auf mich!«

Tommy drehte sich um, bevor er die Tür schloss, und sah, dass Gamjee schneller auf den Wagen zulief, als er ihn jemals hatte laufen sehen. Er hielt die Tür geöffnet, während der Wagen sich vom Bordstein entfernte. Der Troll sprang hinein und die Tür schlug von selbst zu, als sein Vater aufs Gas trat.

Er sah noch, wie Alabama aus der Haustür stürmte und ihre Namen rief, als der Wagen davonraste.

Sein Vater lachte verrückt. »Verdammte Scheiße, das ist perfekt! Anstatt eines Goldesels habe ich jetzt gleich drei.«

»Das sagt man nicht«, flüsterte Davisa vom Vordersitz. Sie saß zusammengekauert neben ihrer Schwester. Sie hatten ihre Arme umeinander gelegt und zitterten vor Schreck.

Tommy überlegte schnell. Abe hatte ihm während der letzten Tage einige Geschichten über gefährliche Situationen erzählt, die er und sein Team im Laufe der Jahre erlebt hatten. Einschließlich einer Geschichte, in der sie zahlenmäßig unterlegen waren und nicht mit Gewalt gewinnen konnten. Sie mussten ihre Köpfe einsetzen und sich aus der Gefahrensituation herausreden. Tommy hatte keine Waffen und der Mann, der früher sein Vater gewesen war, war größer und stärker als er. Er musste versuchen, ihn zu überlisten.

Er hatte keine Ahnung, ob er das schaffen könnte, aber er würde es sich niemals verzeihen, wenn er nicht alles versuchen würde, um seinen Schwestern zu helfen. Sie waren nur wegen seines leiblichen Vaters in Schwierigkeiten. Tommy war ihr

Beschützer, also musste er tun, was in seiner Macht stand, um sie in Sicherheit zu bringen.

Als hätte Gamjee seine Gedanken gelesen, sagte der Troll: »Du musst schlau sein, Tommy. Überstürze nichts. Vorerst sind sie in Sicherheit.«

Tommy nickte, sah aber nicht auf die Kreatur hinunter. Er beugte sich vor und fing an, wie verrückt zu lügen. »Es wurde auch Zeit, dass du mich holst, Dad. Ich habe auf dich gewartet.«

Der Mann sah seinen Sohn durch den Rückspiegel an und kniff die Augen zusammen. »Das sah vorhin aber anders aus. Es sah so aus, als hättest du dich so wohl gefühlt, dass du nichts Besseres zu tun hattest, als im Garten herumzulungern.«

»Ich konnte ihnen nicht sagen, dass ich nicht dort sein wollte«, protestierte Tommy. »Das hat bei den anderen Familien, bei denen ich vorher war, nicht funktioniert. Außerdem warst du im Gefängnis. Aber ich wusste, dass du so schnell wie möglich zu mir kommen würdest. Wir sind Partner ... richtig?«

Bei dem Satz zuckte Tommy innerlich zusammen. Sein Vater hatte das immer zu ihm gesagt, wenn er die bösen Männer in sein Zimmer ließ. Er hatte die Tür geöffnet und Tommy wusste, was als Nächstes passieren würde. Sein Vater hatte jedes

Mal eine Menge Geld in der Hand und zu ihm gesagt: »Wir sind Partner, Tommy. Du machst deinen Teil und ich meinen.« Dann hatte er die Tür geschlossen und ihn mit den Männern allein gelassen.

Ein breites Lächeln zeigte sich auf dem Gesicht seines Vaters und seine braunen Zähne, die einst weiß und hübsch gewesen waren, kamen zum Vorschein. »Das stimmt Junge, Partner.«

»Brauchen wir sie wirklich?«, wagte Tommy zu fragen. »Sie sind nur weinerliche kleine Mädchen, die den Mund nicht halten können. Lass sie einfach an der nächsten Ecke raus. Sie gehen einem nur auf die Nerven und außerdem dachte ich, wir brauchen nur uns beide.«

Er hielt den Atem an, als sein Vater über seine Worte nachdachte. Tommy dachte fast, er hätte ihn überzeugt, aber seine Hoffnungen lösten sich schnell in Luft auf, als er sagte: »Nein, wenn sie zu anstrengend werden, verkaufe ich sie einfach. Sie sind mit Sicherheit gutes Geld wert. Ich muss verdammt noch mal aus dieser Stadt raus. Es gab eine kleine Panne im Gefängnis und sie haben mich für einen Arbeitsauftrag rausgelassen. Idioten! Mein dummer Anwalt hat mir den Namen deiner Pflegeeltern verraten, als ich die Papiere unterschrieben habe, mit denen ich das Sorgerecht für dich abgetreten habe. Es war kinderleicht, dich aufzuspüren. Ich bin losgefahren und habe mich nicht einmal mehr umgeschaut. Aber ich bin mir sicher, dass die Wachen schon nach mir suchen werden.«

Tommy dachte schnell nach und versuchte noch einmal, seinen Vater dazu zu bringen, Brinique und Davisa freizulassen. »Aber die Bullen werden nach ihnen suchen und ihr Vater ist einer dieser Supersoldaten.«

»Was meinst du?«, bellte sein Vater.

Er versuchte, sich zu erinnern, wie der Begriff lautete, aber er hatte solche Angst, dass er nicht daraufkam.

Gerade als er in Panik geriet, sagte Gamjee: »SEALs, Tommy. Sie sind SEALs.«

»SEALs«, platzte er schnell heraus. »In der Navy.«

»Willst du mich verarschen?«, fluchte er. »Zum Teufel, das hat mir gerade noch gefehlt.«

»Wir können sie hier an der Ecke rauslassen«, schlug Tommy vor, als der Wagen langsamer wurde.

»Nein, auf keinen Fall. Ich brauche Geld. Ich kann sie heute Abend verkaufen und dann die Stadt verlassen. Niemand wird mich finden, es wird alles gut. Niemand weiß, wo ich bin. Ich werde mich einfach verstecken. Mit dem Geld, das sie einbringen, komme ich eine Weile über die Runden.«

Tommy lehnte sich niedergeschlagen zurück. Tränen stiegen in seinen Augen auf. Es schien, als würde er seine Schwestern schon beim ersten Mal im Stich lassen, als sie ihn brauchten.

Er wollte nicht, dass sein Vater die Mädchen verkaufte. Schlimme Dinge würden mit ihnen passieren. Er erinnerte sich an Fionas Geschichte und wie sie verkauft wurde. Eine Träne lief über seine Wange, bevor er sie aufhalten konnte.

»Sei stark«, sagte Gamjee so leise, dass die Mädchen ihn nicht hören konnten. »Warte den richtigen Zeitpunkt ab. Er wird kommen. Du musst fest daran glauben.«

Tommy sah auf den Troll hinunter. Er saß auf dem Boden hinter dem Beifahrersitz. Sein Bauch hing über den Gürtel und die Haare auf seinem unförmigen Kopf schienen mehr als gewöhnlich abzustehen. Aber sein Freund geriet nicht in Panik, was auch Tommy half, sich zu beruhigen.

»Ich habe Angst um sie«, murmelte er.

»Natürlich hast du das. Sie sind deine Schwestern. Aber ich kann dir sagen, dass genau in diesem Augenblick Alabama mit Abe telefoniert und dass sie hier sein werden, bevor du dich versiehst. Bis dahin musst du nur ruhig bleiben und darfst nichts Unüberlegtes tun.«

Tommy nickte. Er hatte keine Ahnung, ob der Troll die Wahrheit sagte, aber er musste daran glauben. Selbst wenn Alabama und Abe sich vielleicht nicht für ihn interessierten, würden sie zumindest wegen Brinique und Davisa kommen.

Er wischte sich die Tränen vom Gesicht und holte tief Luft. Der schwarze Kloß war immer noch da, aber im Moment musste er zumindest nicht daran würgen.

»Bleibst du bei mir?«, fragte Tommy Gamjee leise.

»Natürlich.«

Er nickte erneut und sah dann zu seinen Schwestern hinüber. Brinique schaute ihn direkt an. Sie hatte Tränen in den eigenen Augen und ihre Lippe zitterte.

»Es ist okay«, sagte er zu ihr. Es gab so viel, was Tommy ihr sagen wollte, aber jetzt war nicht der richtige Zeitpunkt. Jetzt müsste er seine Handlungen für sich sprechen lassen. Sein Vater hatte ihn verletzt, aber er würde auf keinen Fall zulassen, dass er seinen Schwestern wehtat.

»Beruhige dich, Alabama«, versuchte Abe, seine Frau zu besänftigen. »Brinique und Davisa tragen ihre Halsketten.«

»Sie haben sie nicht ein Mal abgelegt, seit sie sie bekommen haben«, stimmte Alabama atemlos vor Panik zu, als hätte er eine Frage gestellt, anstatt nur eine Tatsache wiederzugeben. »Hast du Tex schon angerufen? Weiß er, wo sie sind?«

»Wolf telefoniert gerade mit ihm und ja, er verfolgt ihren Standort. Wir sind gerade aus der Tür. Ich habe Caroline und Fiona angerufen. Sie sind auf dem Weg zu dir. Die anderen kümmern sich um die Kinder, daher haben wir ihnen noch nicht gesagt, was los ist. Belassen wir es vorerst dabei, okay? Du kannst ihnen alles erzählen, wenn unsere Kinder wieder zu Hause in Sicherheit sind.«

»In Ordnung. Wir müssen uns etwas für Tommy überlegen, um ihn auch orten zu können. Ich glaube nicht, dass er eine Halskette tragen möchte.«

»Das werden wir. Ich bin mir sicher, dass Tex schon etwas im Sinn hat.«

»Wie zum Teufel ist Tommys Vater überhaupt aus dem Gefängnis gekommen?«, fragte Alabama und klang jetzt sauer.

»Ich weiß es nicht, aber im Moment spielt das auch keine Rolle.«

»Du hast recht, entschuldige. Ich weiß, dass du Schluss machen musst, aber Christopher ... sei vorsichtig.«

»Süße, ich habe alles unter Kontrolle. Ich weiß, du hast Angst, aber dieses Arschloch von einem Möchtegernvater wird damit nicht durchkommen, uns *unseren* Sohn wegzunehmen, verstanden?«

Sie stimmte leise zu und tadelte ihn ausnahmsweise nicht wegen der Schimpfworte. »Nun, wenn du es sagst ...«

»Ich werde mit unserem Sohn und unseren Töchtern wieder zu Hause sein, bevor du dich versiehst. Jetzt muss ich aber wirklich Schluss machen. Das Team ist bereit zum Aufbruch. Ich liebe dich.«

»Ich liebe dich auch.«

»Bis später.«

»Bis dann, Christopher.«

Sobald Abe aufgelegt hatte, wandte er sich an seine Teamkollegen. »Wenn er einem meiner Kinder auch nur ein Haar krümmt, werde ich ihn verdammt noch mal umbringen.«

»Wir werden dich nicht daran hindern. Jetzt los, Tex hat das GPS-Signal auf unsere Handys geschickt. Lass uns deine Kinder zurückholen«, sagte Wolf ruhig.

Für einen Außenstehenden hätte es so ausgesehen, als hätte sein Freund die Situation nicht mit der nötigen Dringlichkeit behandelt, aber Abe sah deutlich das eiskalte Funkeln in den Augen des anderen Mannes. Er mochte entspannt klingen, aber er war alles andere als entspannt. Niemand legte sich ungestraft mit einem von ihnen an. Niemand!

KAPITEL ELF

Tommy ging auf und ab und überlegte, was er tun könnte. Sein Vater war mit ihnen zu einem Haus gefahren, das Tommy noch nie gesehen hatte, und hatte seine Schwestern aus dem Wagen gezerrt. Er hatte ihnen keine Zeit gelassen, etwas anderes zu tun, als hinter ihm her zu stolpern. Dann hatte er sie zusammen mit Tommy in ein kleines Schlafzimmer gebracht, die Tür hinter ihnen zugeschlagen und abgeschlossen.

Tommy war sich nicht sicher, wann er wirklich angefangen hatte, über Brinique und Davisa als Schwestern zu denken. Er sah zu ihnen hinüber. Auf ihren braunen Wangen waren noch Spuren der Tränen zu sehen, die sie vergossen hatten, und sie sahen extrem verängstigt aus. Alles in allem schienen sie aber in Ordnung zu sein. Sein Vater hatte sie nicht verletzt, was im Moment das Wichtigste war.

Sie drehten die Köpfe zum Fenster um, als sie ein Kratzgeräusch hörten. Tommy lief hinüber und ärgerte sich, dass er das Fenster noch nicht bemerkt hatte. So fest er konnte versuchte er, es hochzuschieben, aber es öffnete sich nur einen kleinen Spalt. Nicht weit genug für ihn oder seine Schwestern, um entkommen zu können. Er wollte gerade Brinique rufen, um ihm zu helfen, als er den Grund bemerkte, warum sich das Fenster nicht weiter öffnen ließ. Der Holzrahmen war vernagelt.

Sie saßen in der Falle.

Gamjee steckte den Kopf durch den Fensterspalt und erschreckte Tommy, der rückwärts vom Fenster stolperte und den Troll anstarrte.

»Es ist wirklich eng, aber ich glaube, ich passe durch«, sagte Gamjee zu Tommy.

»Das glaube ich nicht«, sagte Tommy, schaute auf den Spalt und erinnerte sich an den dicken Bauch des Trolls.

»Doch«, erklärte Gamjee hartnäckig. »Pass auf!« Er warf seinen Körper gegen das Fenster und grunzte. Außer, dass ihm vor Anstrengung ein lauter Furz entwich, passierte aber nichts.

»So was, das ist aber komisch«, murmelte er und zog sich mit einem Stirnrunzeln vom Fenster zurück.

Im nächsten Augenblick lag er hinter den Kindern auf dem Bett.

Tommy schaute zwischen dem Bett und dem Fenster hin und her, bevor er sich wieder dem Troll zuwandte. »Wie bist du hier reingekommen?«, fragte er verwirrt.

»Das ist jetzt nicht wichtig«, sagte Gamjee. »Jetzt zählt nur, euch drei hier rauszuholen. Hör mir gut zu, Tommy. Dein Vater hat ...«

»Er ist *nicht* mein Vater«, erklärte Tommy energisch. »Das war er vielleicht einmal, aber ich will nichts mit jemandem zu tun haben, der glaubt, es sei in Ordnung, Kinder zu entführen, um sie an böse Leute zu verkaufen – einschließlich seines eigenen Fleisches und Blutes.«

»Okay, wie soll ich ihn dann nennen? Wie lautet sein Name?«, fragte Gamjee.

»Ich möchte auch nicht seinen richtigen Namen verwenden. Nie wieder! Wir nennen ihn ... Herman. Das klingt nach einem gemeinen Kerl, oder?«, fragte Tommy.

»In Ordnung. Herman ist jedenfalls losgezogen, um Leute ins Haus zu holen. Wir haben nicht viel

Zeit«, sagte der Troll. »Wie können wir euch hier rausholen?«

»Das Fenster scheidet aus«, sagte Tommy. »Sie haben es zugenagelt, und das Glas zu zerbrechen würde zu viel Lärm machen.« Er ging zur Zimmertür und zog am Türknauf. Er drehte sich nicht einmal in seiner Hand. »Abgeschlossen.«

»Ist hier irgendetwas, womit wir sie einschlagen können?«, meldete sich Brinique zum ersten Mal zu Wort.

»Gute Idee«, sagte Tommy zu ihr. »Hilf mir beim Suchen.« Er dachte, wenn die Mädchen beschäftigt wären, hätten sie vielleicht nicht mehr so viel Angst. Bei ihm schien es zu funktionieren.

Sie schauten unter das Bett, in den Schrank und in ein paar Kartons, die im Raum verteilt waren. Sie fanden aber nur schäbige, stinkende Kleidung, ein Mäusenest und zerbrochenes Geschirr.

»Was jetzt?«, fragte Davisa und ihre Augen füllten sich wieder mit Tränen. »Ich habe Angst. Ich will nach Hause.«

Tommy biss sich auf die Lippe. Er hatte auch Angst, aber er war der Älteste. Er musste seine Schwestern beschützen. »Wir müssen weglaufen«, erklärte er. »Wir sind zu dritt ...«

Gamjee räusperte sich laut.

»Entschuldige, wir sind drei Menschen und ein Troll. Wenn er zurückkommt, müssen wir ein Ablenkungsmanöver starten.« Tommy schluckte schwer und ihm gefiel gar nicht, was er gleich vorschlagen würde. Instinktiv wusste er aber, dass es der einzige Weg war. »Ich werde ihn auf meine Mutter ansprechen. Hoffentlich wird es ihn überraschen und ihr könnt weglaufen.«

»Aber wie wirst du entkommen?«, fragte Brinique besorgt.

Tommy sah ihr in die Augen. »Ihr werdet Hilfe holen und zurückkommen.«

»Das ist nicht fair«, protestierte sie schwach.

»Er war mein Vater«, sagte er und biss die Zähne zusammen, »nicht eurer. Außerdem seid ihr meine Schwestern. Es ist meine Aufgabe, auf euch aufzupassen.«

Tommy ignorierte den ungläubigen Ausdruck auf ihrem kleinen Gesicht und wandte sich an Gamjee. »Ich weiß, dass nur wir dich sehen können, aber vielleicht kannst du ihm etwas zwischen die Füße werfen, um ihn zum Stolpern zu bringen? Dann werde ich auf ihn springen und Brinique und Davisa Zeit verschaffen, um zu entkommen.«

»Was ist, wenn er andere Leute mitbringt?«, fragte Gamjee ruhig. »Was machen wir dann?«

Tommy spürte, wie der schwarze Schleimkloß in seinem Bauch wieder anschwoll. Er hatte keine Ahnung. Er hatte nur darüber nachgedacht, mit dem Mann fertigzuwerden, der früher sein Vater gewesen war. Mehr Männer, das würde bedeuten, dass es mehr Leute gäbe, die seine Schwestern festhalten und an der Flucht hindern könnten.

Er schüttelte heftig den Kopf. »Nein, es spielt keine Rolle.« Er wandte sich an die Mädchen. »Sobald die Tür geöffnet wird, müsst ihr zwei loslaufen. Euer einziges Ziel ist es, nach draußen zu kommen, egal wie, verstanden?«

»Aber was, wenn du verletzt wirst?«

»Es ist egal. Du wirst Hilfe holen. Und lass auf keinen Fall Davisas Hand los«, befahl er Brinique. »Ich werde tun, was ich kann, um euch zu helfen. Aber versprecht mir, dass ihr nicht stehen bleibt.«

»Wir versprechen es, Tommy«, sagte Davisa leise. Sie ging zu ihm und legte ihre Arme fest um ihn. »Wir werden Hilfe holen. Wir werden dich nicht lange allein lassen.«

Der schwarze Kloß schrumpfte bei ihrer Zuneigungsbezeugung wieder ein wenig. Er legte seine Arme um Davisas dünnen Körper und umarmte sie.

»In Ordnung. Gamjee ...« Tommy wandte sich

wieder dem Bett zu, aber es war leer. »Wohin ist er jetzt wieder gegangen?«

Sie durchsuchten erneut den Raum, fanden aber keine Spur des Trolls. Brinique fragte sogar die Mäusebabys in dem Nest, ob sie ihn gesehen hätten, aber sie antworteten ihr nicht.

»Wie auch immer«, sagte Tommy entschlossen, war aber traurig, dass Gamjee ihn in dieser Notlage allein gelassen hatte. »Er ist nur ein Troll, eine Erfindung unserer Vorstellungskraft. Er könnte uns sowieso nicht helfen. Brinique, nimm ein paar Teller. Wenn es nötig ist, wirf sie den bösen Männern an den Kopf. Davisa, deine Aufgabe ist es, dich an Brinique festzuhalten, in Ordnung?«

»Okay, Tommy.«

Er nahm einen Teller und eine Schüssel und stapelte den Rest des Geschirrs neben der Tür, nur für alle Fälle.

»Jetzt heißt es abwarten.«

Die Mädchen nickten. Zu dritt saßen sie auf der Bettkante und warteten darauf, dass der Mann, den Tommy Herman genannt hatte, zurückkam.

Wolf, Abe, Cookie, Mozart, Dude und Benny umzingelten leise das heruntergekommene Haus. Es lag in einem nicht sehr schönen Teil der Innenstadt von San Diego. Ein Stadtteil, in den sich die Kreuzfahrtliebhaber oder andere sonnenhungrige Touristen normalerweise nicht verirrten. Die Häuser waren verkommen und das Gras in den Vorgärten war schon lange tot. Die wenigen Fahrzeuge auf der Straße waren mindestens zehn Jahre alt und alle wertvollen Teile waren längst gestohlen worden, um Geld für Drogen zu beschaffen.

Das GPS-Signal auf ihren Handys hatte sie zu diesem Haus geführt, das zu den schlimmsten in der Straße gehörte. Im Vorgarten standen zwei verrostete Schrottkarren und das Unkraut wucherte kniehoch. Der Beton in der Einfahrt und auf dem Bürgersteig war rissig. Die Farbe des Hauses blätterte ab. Das Haus war offensichtlich verlassen und hätte längst abgerissen werden sollen.

Abe biss die Zähne zusammen. Seine Babys waren in diesem Höllenloch und er wollte hineinstürmen und sie herausholen. *Sofort.*

Wolf wusste, dass Abe angespannt war, und hatte ihm Dude als Partner zugewiesen, wissentlich, dass er niemals zugestimmt hätte, irgendwo anders zu sein als an vorderster Front. Alle wussten, dass Dude der Tödlichste von ihnen war, wenn es um das

Leben eines Kindes ging. Fast sein eigenes Kind und seine Frau zu verlieren hatte ihn besonders empfindlich gemacht, wenn Frauen oder Kinder in Gefahr waren.

Abe und Dude würden durch die Vordertür stürmen. Gleichzeitig würden Benny und Mozart durch den Hintereingang eindringen. Wolf und Cookie würden die Seite des Hauses überwachen, um sicherzugehen, dass niemand durchs Fenster sprang, und um Abe und Dude den Rücken frei zu halten.

Als sie bei dem Haus ankamen, standen drei Fahrzeuge davor, einschließlich des Wagens, den Alabama gesehen hatte, als Tommys Scheißvater ihre Kinder entführt hatte, bevor sie die Kavallerie gerufen hatte. Der Wagen von Tommys Vater stand direkt vor dem Haus, die beiden anderen parkten dahinter.

Abe weigerte sich, daran zu denken, was die Leute in diesem Haus den drei kleinen, verletzlichen Kindern antun könnten – oder wie lange sie schon dort waren.

Er gab Wolf ein Zeichen und der nickte. Es war an der Zeit. Zeit, seine Kinder dort herauszuholen. Und Gott habe Mitleid mit demjenigen, der ihm dabei in die Quere kam.

KAPITEL ZWÖLF

Tommy, Brinique und Davisa standen auf, als sie hörten, wie die Haustür zugeschlagen wurde.

»Es ist so weit. Ihr wisst, was zu tun ist, oder?«, fragte Tommy mit einer Stimme, von der er hoffte, dass sie entschlossener klang, als er sich fühlte.

»Ja, Geschirr werfen und loslaufen. Dann Hilfe holen und dich rausholen«, sagte Brinique mit zittriger Stimme.

»Richtig. In Ordnung. Das wird klappen.« Tommy versuchte, positiv zu klingen. »Ich weiß, dass es klappen wird.«

Sobald er den Satz ausgesprochen hatte, wurde die Tür geöffnet und ein Mann, den sie noch nie gesehen hatten, stand vor ihnen. Er trug eine schmutzige Jeans, Turnschuhe und ein graues T-

Shirt mit Flecken. Sein Gesicht sah fürchterlich aus. Es war mit Pockennarben übersäht und sein Haar musste dringend gewaschen werden. Seine Zähne waren dunkelbraun.

»Oh verdammt ja, dafür lohnt es sich, zwei Hunderter auf den Tisch zu legen.« Der Mann griff sich in den Schritt und machte eine perverse Geste. Er drehte sich um und rief: »Ich will beide Mädchen.«

»Auf keinen Fall«, erwiderte eine andere Stimme. »Du kannst nicht beide haben. Schluss mit der Scheiße. Ich will zuerst eine haben.«

»Macht den Scheiß unter euch aus. Ich will den Jungen«, sagte eine dritte Stimme.

Der Mann, der die Tür geöffnet hatte, trat zurück und ließ die Schlafzimmertür geöffnet.

»Los jetzt«, flüsterte Tommy. Er wusste genau, worüber die ersten beiden Männer stritten, und auf keinen Fall würde er zulassen, dass sie Brinique oder Davisa in ihre dreckigen Hände bekamen.

Die drei schlichen zur Tür und späten hinaus. Zwei der Männer stritten darüber, wer den »ersten Schuss« bei den Mädchen bekommen würde, und der dritte Mann beobachtete den Streit, während er mit einem großen Messer Essensreste zwischen seinen Zähnen entfernte. Sie waren groß und dünn, und obwohl sie blass und krank aussahen, waren sie trotzdem größer als Tommy ... und wahrscheinlich auch stärker.

Tommys Vater ignorierte die Männer. Er fummelte mit einem Gummiband herum, das er versuchte, sich um den Arm zu binden. Er hatte seinen Vater schon einmal dabei gesehen, wie er sich das Zeug, dass er zuvor auf einem Löffel geschmolzen hatte, in den Arm spritzte.

Langsam gingen die Kinder auf die Tür zu, aber sobald sie näher kamen, sagte der Typ mit dem Messer lässig: »Eure kleinen Muschis sind kurz davor abzuhauen.«

Die anderen Männer drehten die Köpfe herum und starrten sie an.

»Scheiße, schnapp sie dir!«, schrie einer von ihnen.

Tommy schob Brinique und Davisa durch die Tür und schrie: »Lauft!« Er warf die Schüssel, die er in der Hand hielt, in Richtung des Mannes, der seinen Schwestern am nächsten war, und traf ihn direkt am Kopf.

Der Mann blieb stehen und hielt eine Hand an seine jetzt blutende Stirn. »Kleines Arschloch! Das tut weh!«

Der andere Mann, der mit dem ersten gestritten

hatte, erwischte Davisa fast am Arm, aber Brinique nahm den zerbrochenen Teller, den sie festgehalten hatte, und stieß ihn, so fest sie konnte, gegen seine Brust.

Überrascht von dem Angriff des kleinen Mädchens sah er erschrocken auf seine blutende Brust hinunter, was den Mädchen gerade genügend Zeit gab, die Haustür aufzureißen und hinauszulaufen.

»Lass sie nicht entkommen!«

Die beiden Männer liefen aus dem Haus hinter Brinique und Davisa her, aber Tommy hatte keine Zeit, sich um sie zu sorgen, da der Mann mit dem Messer und sein Vater jetzt auf ihn zukamen.

Tommy warf die letzten beiden billigen Porzellanteller, die er in den Händen hielt, aber die Männer duckten sich. Die Teller zerbrachen an der Wand des kleinen Raumes.

»Ich wusste, dass du gelogen hast, als du sagtest, wir wären Partner, du kleiner Scheißer«, knurrte sein Vater. »Du warst noch nie für irgendetwas gut.«

»Mom und du, ihr habt immer gesagt, dass ich in allem gut bin«, gab Tommy schnell zurück.

»Da habe ich gelogen«, sagte sein Vater finster.

»Genug mit dieser Scheiße«, knurrte der andere Mann. »Dein Arsch gehört mir, Junge.« Er hielt das scharfe Messer vor sich. Er machte aber nur einen weiteren Schritt, bevor er plötzlich stehen blieb.

Gamjee erschien wie aus dem Nichts.

Er stand vor Tommy wie einer der alten Wikinger. Seine Beine waren groß wie Baumstämme und in der Hand hielt er einen riesigen Holzhammer, den er bedrohlich vor sich hielt. Er sah nicht wirklich menschlich aus, aber er sah auch nicht so aus wie der Troll, den Tommy zuvor gekannt hatte. Hoch wie eine Mauer hatte er sich zwischen Tommy und dem Mann mit dem Messer aufgebaut.

»Was zum Teufel?« Der Mann schnappte nach Luft und starrte die Gestalt vor sich an.

Tommy war sich nicht sicher, ob der Mann Gamjee sehen konnte, aber seine Worte hatten diese Frage beantwortet. Er wollte Gamjee ebenfalls anstarren – er sah aus wie aus einem der Superheldencomics, die er so gern las –, aber Tommy begann stattdessen sofort, sich seitwärts zu bewegen.

»Bleib, wo du bist, Tommy«, befahl Gamjee mit einer tiefen Stimme, die er noch nie zuvor benutzt hatte. »Ich kümmere mich darum.«

Tommy erstarrte ehrfürchtig vor dem Troll, den er immer für etwas komisch gehalten hatte.

Jetzt war nichts mehr komisch an ihm. Keine

Witze mehr übers Essen, keine lustigen Kommentare über seine Größe oder seinen Geruch.

»Schlitz diesen verdammten Freak auf, Deke«, forderte Tommys Vater kalt.

Der Mann mit dem Messer stach in Richtung Gamjee, aber das Messer blieb mitten in der Luft stehen, genau wie es mit Tommys Fuß passiert war, als er versucht hatte, den Troll zu treten.

Er versuchte es erneut mit dem gleichen Ergebnis.

»Was zum Teufel ist hier los?«, rief er noch einmal, sah auf das Messer in seiner Hand und dann auf Gamjee. »Verdammte Scheiße!«

Tommys Augen weiteten sich, als der Mann eine Pistole herauszog.

»Nein, tu ihm nichts!«, schrie Tommy.

Aber es war zu spät. Der Mann schoss auf den kleinen Jungen und den überlebensgroßen Troll, der vor ihm stand.

»Die Tür wird geöffnet«, sagte Dude, als die Haustür aufschlug, kurz bevor sie eintreten wollten. Zwei kleine Gestalten stürmten aus dem Haus und landeten direkt in Abes Armen. Er packte sie und zog sie sofort schützend zur Seite an die Hauswand.

Keinen Moment zu früh, denn zwei Männer liefen den Mädchen hinterher. Der erste wurde sofort durch einen kraftvollen Schlag gegen den Kopf von Dude ausgeschaltet.

Der zweite Mann fiel über den reglosen Körper des anderen, als er ihm dicht auf den Fersen folgte. Er drehte sich um und sah Dude, der ganz in Schwarz gekleidet und offensichtlich sauer war, und rappelte sich wieder auf. Er lief los, aber Dude machte sich nicht die Mühe, ihn zu verfolgen, weil er wusste, dass seine Teamkollegen bereits auf ihn warteten.

Abe sah, wie Wolf und Cookie dem Mann nach-jagten und ihn zur Stecke brachten, noch bevor er es bis zum Nachbarhaus geschafft hatte.

Dude nahm sich einen kurzen Moment Zeit, nach Abe, Brinique und Davisa zu schauen. Abe nickte ihm zu und deutete auf die geöffnete Haustür. Es brachte Abe fast um, dass Tommy nicht bei seinen Mädchen war. Die Operation war noch nicht vorbei, noch lange nicht.

Er ging in die Hocke und forderte seine Kinder auf, dasselbe zu tun. »Ihr bleibt hier«, sagte er mit tonloser Stimme zu seinen Kindern. »Genau hier. Nicht bewegen. Verstanden?«

Beide Mädchen nickten und das Weiß ihrer Augen leuchtete in ihren dunklen Gesichtern.

Abe versuchte, seine aggressionsgeladene Stimme etwas abzuschwächen. »Ihr seid in Sicherheit. Das habt ihr gut gemacht. Jetzt muss ich euren Bruder rausholen, okay?«

»Ja, okay«, sagte Brinique mit schwankender Stimme und drückte ihn mit ihren winzigen Händen. »Uns geht es gut. Geh und hol Tommy.«

Gerade als Abe wieder aufstand und Dude bedeutete, dass er bereit war weiterzumachen, waren Schüsse aus dem Haus zu hören.

Dude zögerte keine Sekunde länger. Er ging voran und Abe sorgte für Rückendeckung. Mit den Fingern am Abzug stürmten sie das Haus, um die Bedrohung für ihre SEAL-Familie auszuschalten.

KAPITEL DREIZEHN

Tommys Augen weiteten sich, als er sah, wie die Kugeln aus der Waffe des Mannes von dem riesigen Troll abprallten und vor seinen Füßen auf dem Boden landeten. Ein Schuss hatte ihn verfehlt und die Wand durchschlagen, aber Tommy rührte sich nicht vom Fleck.

»Was zum Teufel ist hier los?«, schrie der Mann erneut und sah auf die Waffe in seiner Hand hinunter.

»Keine Bewegung!«

»Waffe runter, Arschloch!«

»Auf den Boden!«

»Hände hoch!«

Vier Stimmen ertönten gleichzeitig und Tommy stand da wie angewurzelt. Gamjee trat zur Seite und mit einem Blinzeln verwandelte er sich von dem großen Superhelden zurück in den hässlichen kleinen Troll, den er so gut kannte.

Bevor Tommy ein Wort sagen oder wirklich verstehen konnte, was passiert war, stand Abe vor ihm. »Geht es dir gut? Bist du verletzt? Wurdest du angeschossen?« Seine Stimme war hart und schroff, aber nicht unfreundlich.

»Mir geht es gut.«

Abe legte die Hände auf seine Schultern und drehte ihn herum, sodass er mit dem Rücken zum Raum stand. Tommy spürte, wie er seinen Rücken und seine Beine abtastete. Dann wurde er wieder herumgedreht und Abe nahm ihn fest in die Arme.

»Gott sei Dank. Scheiße, als ich die Schüsse gehört habe, dachte ich ... Verdammte Scheiße.« Abe verstummte.

Tommy konnte fühlen, wie das Herz des Mannes hart gegen seine Brust schlug. Er konnte seine schnellen Atemzüge hören und sie auf seiner Haut spüren. Er schlang seine Arme um Abes Hals und vergrub sein Gesicht an seiner starken Schulter.

Tommy hätte nie gedacht, dass Abe so besorgt darüber sein würde, dass er verletzt werden könnte. Plötzlich traf ihn ein Gedanke und riss ihn aus seinen Überlegungen. »Brinique und Davisa?«

»Es geht ihnen gut«, sagte Abe, ohne ihn loszulassen.

»Warum bist du nicht bei ihnen?«, fragte Tommy.

Abe zog sich schließlich gerade so weit zurück, um ihm in die Augen sehen zu können, ließ ihn aber immer noch nicht los. »Weil ich weiß, dass es ihnen gut geht. Sie waren nicht mehr im Haus, als die Schüsse fielen, sondern du.«

»Aber *sie* gehören zu dir und nicht *ich*«, sagte Tommy mit leiser Stimme.

»Natürlich gehörst du zu mir«, erwiderte Abe sofort, nahm Tommys Gesicht zwischen seine großen Hände und hielt ihn fest, damit er ihm in die Augen schauen musste. »Glaubst du, ich weiß nicht, dass du es warst, der den Mädchen gesagt hat, sie sollen weglaufen? Glaubst du, ich weiß nicht, dass du sie vor dem bösen Mann beschützt hast, der mal dein Vater war? Glaubst du tatsächlich, du gehörst nicht zu mir, nach allem, was heute passiert ist? Junge, es ist lange her, dass ich solche Angst um jemanden hatte wie vor wenigen Augenblicken. Nicht wegen Brinique und Davisa, sondern weil du hier drin warst. Ich habe mir verdammte Sorgen um dich gemacht.«

Abe holte tief Luft und Tommy bemerkte, dass er versuchte, seine Emotionen zu kontrollieren.

»Und wenn du deiner Mutter verrätst, dass ich *verdammt* gesagt habe, dann werde ich es abstreiten. Ich bin nicht sehr gut darin, aber ich gebe mir alle Mühe, nicht mehr so viel zu fluchen.« Er versuchte zu lächeln, aber es kam eher eine Grimasse dabei heraus. Er holte noch einmal tief Luft und fragte leise: »Bist du wirklich in Ordnung? Hat er dich nicht getroffen?«

Tommy schüttelte den Kopf. »Nein, Gamjee hat mich beschützt.«

Es war offensichtlich, dass Abe ihm nicht glaubte, weil er nur den Kopf schüttelte. »Junge, es ist mir egal, ob du glaubst, dass dein imaginärer Freund heute hier bei dir war. Es wäre mir auch egal, wenn jetzt magische Streusel vom Himmel fallen würden. Ich bin einfach froh, dass dieser Kerl so ein schlechter Schütze ist.«

Dann sah Tommy zur Seite und bemerkte, dass Gamjee sie beide anstarrte. Der Troll zwinkerte ihm zu und verschränkte die Arme vor der Brust. Tommy fand, dass die Haltung des kleinen Trolls der von Abe und seinen Freunden plötzlich sehr ähnlich sah, als sie dasselbe taten.

Abe stand mit Tommy in seinen Armen auf und verschwendete keine Zeit mehr, aus dem baufälligen Haus herauszukommen. Seine Teamkollegen kümmerten sich unterdessen um die unter Drogen stehenden Männer. Cookie und Wolf hatten die beiden, die hinter seinen Töchtern her gewesen waren, ebenfalls dingfest gemacht. Aus der Ferne waren Sirenen zu hören. Kurz vor ihrer Ankunft bei dem Haus hatte Wolf die Polizei alarmiert. Abe ignorierte es. Er setzte Tommy ab und streckte die Hand nach seinen Töchtern aus.

Brinique und Davisa liefen auf ihren Vater zu und er kippte fast um, als sie sich in seine Arme warfen. Er hob sie hoch, ein Mädchen auf jeden Arm, und so gingen die vier die Straße hinunter zu Wolfs Geländewagen. Er öffnete die Heckklappe und setzte die beiden Mädchen ab. Tommy stand dicht neben Abe, als dieser sein Handy herausholte.

Er tippte auf den Kontakt mit dem Namen »Home« und wartete.

»Hallo, Christopher?«

»Ja, ich habe sie. Es geht ihnen gut.«

»Tommy auch?«, fragte Alabama.

»Tommy auch«, bestätigte Abe.

Während Brinique und Davisa mit ihrer Mutter sprachen, spürte Tommy, wie der schwarze Schleimkloß, der so lange in seinem Bauch gesessen hatte, seit sein Vater sich in diesen bösen Mann verwandelte hatte, dahinschmolz. Schließlich verschwand er einfach, als wäre er nie dort gewesen. Nicht einmal ein erbsengroßer Klumpen war übrig geblieben.

Alabama hatte sich extra nach ihm erkundigt, nicht nur nach ihren Töchtern.

Tommy hatte ganz vergessen, wie es sich anfühlte, gewollt zu werden, geliebt zu werden.

Obwohl Tommy erst kurze Zeit bei Abe und Alabama Powers lebte, erkannte er das Gute, wenn er es sah. Er hatte es schon einmal erkannt und irgendwie wusste er, dass seine leibliche Mutter vom Himmel auf ihn herabsah und lächelte.

Tommy spürte etwas an seinen Füßen und schaute nach unten. Gamjee stand dort und zog an seinem Hosenbein. Tommy kniete sich neben den Troll.

»Danke.«

»Gern geschehen.«

»Ich bin mir sicher, Alabama wird schon mit dem größten Kuchen, den du jemals gesehen hast, auf uns warten, wenn wir nach Hause kommen. Ich werde dafür sorgen, dass du ein großes Stück bekommst«, sagte Tommy zu dem Troll, den er für den besten Freund hielt, den er jemals gehabt hatte.

»Es ist an der Zeit für mich zu gehen«, sagte Gamjee sachlich. »Ich habe meinen Auftrag erfüllt.«

Brinique und Davisa hüpften aus dem Wagen und hockten sich ebenfalls neben den kleinen Troll.

»Nein, wir wollen nicht, dass du gehst«, jammerte Davisa, offensichtlich immer noch aufgewühlt von den letzten Stunden.

»Bitte, geh nicht«, flehte Brinique.

Tommy sah erst den Troll und dann seine Schwestern an. Er fühlte sich gut. Immer noch wackelig nach allem, was passiert war, aber gut – anders.

Plötzlich wusste er, was er mit seinem Leben anfangen wollte. Er wollte andere vor bösen Männern und Frauen schützen wie denen, die heute ihn und seine Schwestern entführt hatten. Er wollte das tun, was Abe und seine Freunde taten, aber nicht beim Militär.

Er wusste noch nicht genau wie, aber er würde es herausfinden.

»Danke«, sagte er erneut zu Gamjee. »Eines Tages werde ich nach Assbucket in Maine kommen und König Matuna und deinen Freund Erasto kennenlernen. Ich werde mich zu dir setzen und dir bei einem guten Essen alles über mein Leben erzählen und die guten Dinge, die ich damit angefangen habe. Das verspreche ich dir.«

»Ich glaube dir, Tommy. Und ich weiß, dass du

das tun wirst, weil mein König mir die Zukunft gezeigt hat. Wir werden uns wiedersehen.«

Der kleine Junge stand auf und legte seinen Arm um Brinique, der die Tränen übers Gesicht liefen. »Alles wird gut, kleine Schwester. Er muss weiterziehen und anderen Kindern helfen. Außerdem glaube ich, dass wir Mommy dazu überreden können, ein Haustier zu bekommen, wenn wir heute nach Hause kommen, oder Dad?«

Tommy hätte schwören können, dass er Tränen in Abes Augen gesehen hatte, aber im selben Moment waren sie verschwunden, als der große Mann blinzelte. »Ich denke, das lässt sich arrangieren ... mein Sohn.«

Einige Stunden später, nachdem sie zum Abendessen Fast Food gegessen und dazu *Arielle, die Meerjungfrau* gesehen hatten, hatten sich alle wieder etwas beruhigt. Alabama hatte alle ihre Freundinnen angerufen und ihnen versichert, dass alle wieder heil zu Hause und vollkommen in Ordnung waren. Die Polizei hatte sie beruhigt, dass Tommys Vater nie wieder aus dem Gefängnis ausbrechen könnte. Abe hatte mit Tex gesprochen und über ein paar Ideen für Tommys Ortungsgerät diskutiert. Jetzt, lange nachdem die Kinder ins Bett gegangen waren, lagen Alabama und Abe nackt und verschlungen in ihrem Bett.

Keiner sagte ein Wort. Sie genossen nur die beruhigende Gegenwart des anderen. Abe bewegte seine Hand von Alabamas Rücken zu ihrem Hintern. Er streichelte sie einmal und dann noch einmal. Alabama bewegte ebenfalls ihre Hände und strich über den Oberkörper ihres Mannes.

Schließlich drehte er sie herum, sodass sie auf dem Rücken lag. Abe rutschte an ihrem Körper herunter und zeigte ihr mit seinem Mund und seinen Händen, wie sehr er sie liebte. Er lag zwischen ihren Beinen, schob seine Hände unter ihren Hintern und hob sie hoch, damit er besser an ihren empfindlichsten Stellen lecken und saugen konnte.

Alabama drückte lustvoll den Rücken durch und Abe brachte sie zweimal zum Höhepunkt, bevor er wieder hochrutschte. Langsam schob er seinen harten Schwanz in sie und nahm ihr Gesicht zwischen seine Hände, um sie anzusehen, während er in ihr versank.

Ihre Blicke sagten mehr als tausend Worte und so liebten sich Abe und Alabama, ohne ein einziges

Wort zu verlieren. Sie zelebrierten die Tatsache, dass ihre Familie in Sicherheit war, ihre Verbundenheit und ihre ewige Liebe.

Ihr Liebesspiel war sanft und einfach und beide kamen schnell zusammen zum Höhepunkt.

Verschwitzt und erfüllt schliefen Alabama und Abe Powers ein, immer noch so eng miteinander verbunden, wie es nur zwei sich Liebende sein konnten. Das Leben mochte ihnen Steine in den Weg legen, aber sie wussten, dass sie gemeinsam alles schaffen würden.

Vierundzwanzig Jahre später

Tom Powers ging auf ein heruntergekommenes Restaurant in Assinippi, Maine zu. Er hatte keine Ahnung, ob er am richtigen Ort war. Die Stadt war eine Müllkippe und es sah aus, als würde schon seit Generationen niemand mehr dort leben. Aber eine Stimme in seinem Kopf hatte ihm immer wieder gesagt, dort anzuhalten und es sich anzusehen.

Im Laufe der Jahre hatte er Dutzende Städte in diesem Bundesstaat besucht, um die zu finden, die sein Troll vor langer Zeit Assbucket genannt hatte. Offensichtlich war das aber nicht wirklich der Name der Stadt.

In der Sekunde, in der er diesen Ort betreten hatte, wusste Tom jedoch, dass er genau dort war, wo er sein sollte. Er hatte die Stadt gefunden, nach der er jahrelang gesucht hatte.

Von außen sah die Stadt aus wie ein Drecksloch, verfallene Gebäude, unappetitlich aussehende Leute ... aber als er das Restaurant betrat, war es, als wäre er in einer anderen Welt.

Die Theke schimmerte weiß, die Tischplatten waren makellos sauber und die Lederbänke waren nicht rissig. Mehrere Leute lächelten ihn an, als er eintrat und sich setzte. Die Luft vibrierte auf eine Weise, die er nur als magisch beschreiben konnte. Er fühlte sich sofort sicher und zufrieden.

Ja, er war definitiv am richtigen Ort.

Er trug seine übliche Arbeitskleidung ... schwarze Hose, schwarzes Jackett, ein weißes Hemd und eine graue Krawatte. In den anderen Städten, die er besucht hatte, hatten ihn mehrere Leute seltsam angesehen und gefragt, ob er einer der »Men in Black« wäre.

Er hatte nur höflich gelächelt und seinen Weg fortgesetzt – es war nicht so, als hätte er diesen Spruch nicht schon zuvor gehört.

Als er sich setzte, klingelte sein Telefon. Tom lächelte, als er das Gespräch annahm. »Hey, Baby.«

»Hallo. Hast du es diesmal gefunden?«

»Ja, ich glaube schon. Ich werde es gleich herausfinden. Wie geht es den Kindern?«

»Gut, May vermisst dich und hat bereits drei Videos über ihren Tagesablauf aufgenommen, die du dir ansehen kannst, wenn du nach Hause kommst.«

Toms Lächeln wurde breiter und er dachte an seine Tochter. Sie war acht und benahm sich bereits wie vierzehn, aber er dankte Gott jeden Tag für sie. Seine Frau hatte eine schwierige Schwangerschaft gehabt und der Arzt hatte darauf gedrängt, dass es aus gesundheitlichen Gründen das letzte und einzige Kind sein sollte, das sie zur Welt brachte.

»Und Chris?«

»Dein Sohn ist so frühreif wie immer. Er ist gerade in einer Phase, in der er nur noch grüne Sachen isst. Er weigert sich, etwas zu essen, das nicht grün ist. Es gab also grüne Bohnen, Erbsen, Salat, Gurken und mit viel grüner Lebensmittelfarbe versehene Dinge wie Milch und Kartoffelbrei.«

Tom lächelte, schloss die Augen und lehnte den Kopf gegen die Rückenlehne der roten Vinylbank. Er und Donna hatten nicht geplant, nach May weitere Kinder zu bekommen, aber Brinique hatte ihn angerufen, weil sie sich Sorgen um ein Kind in ihrem Bezirk gemacht hatte, das Schwierigkeiten hatte, Adoptiveltern zu finden. Seine Schwester arbeitete beim Jugendamt und er könnte nicht stolzer darauf sein, wie hart sie für die Kinder kämpfte, die sonst niemanden hatten.

Der Junge, um den es ging, hatte das Down-Syndrom und wurde in seinem Elternhaus missbraucht. Er war in der Obhut des Staates und Brinique wusste, dass er höchstwahrscheinlich sein Leben lang in einem Heim verbringen müsste, wenn er nicht bald adoptiert würde.

Also hatten Donna und er ihn besucht und sofort eine Entscheidung getroffen. Noch am selben Tag hatten sie die Papiere ausgefüllt, um ihn als Pflegeeltern aufzunehmen, und schließlich hatten sie ihn adoptiert. Toms Vater Abe war begeistert, dass sie den Jungen nach ihm umbenannt hatten. Tom hatte seinen Vater, den großen bösen Navy SEAL im Ruhestand, weinen sehen, als er den Einjährigen zum ersten Mal in den Armen gehalten hatte.

Mit vier Jahren hatten sie mit Chris jetzt alle Hände voll zu tun, aber er sah Freude in allem und jedem um ihn herum. Tom könnte sich ein Leben ohne ihn nicht mehr vorstellen. »Und du? Wie geht es meiner schönen Frau?«

»Mir geht es gut, Schatz. Du kommst morgen nach Hause, oder?«

»Ja, ich war schon viel zu lange von meiner Familie weg.«

»Nun, du könntest dem Präsidenten ja mal vorschlagen, mehr Zeit zu Hause zu verbringen«, neckte Donna.

Tom lachte. »Ich bin mir nicht sicher, ob er sich darauf einlassen würde.«

»Ich bin stolz auf dich«, sagte Donna zu ihm. »Und nicht, weil du für ihn vor eine Kugel gesprungen bist. Darüber bin ich eher sauer als stolz«, sagte sie neckend.

Tom war nicht beleidigt. Er kannte die Gefühle seiner Frau in Bezug auf den Vorfall ziemlich gut, als er sich schützend vor den Präsidenten der Vereinigten Staaten geworfen hatte, um einen Schuss mit seiner Kevlar-Weste aufzufangen – wie es zu seinen Aufgaben als Mitarbeiter des Secret Service gehörte –, als jemand die Waffe auf ihn gerichtet hatte, und er würde es sofort wieder tun.

»Ich bin stolz auf dich. Auf den Mann, der du bist. Der Mann, der Menschen in Not sieht und sie beschützen will. Von alten Damen im Lebensmittelgeschäft bis hin zu den Kindern, mit denen du am Wochenende Zeit im Jugendverein verbringst. Von deinem eigenen Sohn und deiner Tochter bis hin zu deinen Nichten und Neffen. Von mir bis zum Präsidenten der Vereinigten Staaten. Niemand ist zu groß oder zu klein, als dass du nicht helfen würdest. Dafür liebe ich dich.«

»Ich liebe dich auch, Schatz. Wenn ich morgen nach Hause komme, werde ich dir zeigen, wie sehr ich dich liebe.«

»Ich zähle darauf. Ich war heute mit deiner Mom und ihren Freundinnen einkaufen.«

Tom lachte. »Ich finde es irgendwie cool, dass du und meine Mutter so viel Zeit miteinander verbringt.«

»Sie ist toll und ihre Freundinnen sind auch klasse. Ich bin mir sicher, dass sie ihre Ehemänner auf Trab halten.«

Tom dachte an die Freunde seines Vaters, Wolf, Cookie, Mozart, Dude und Benny. Er war sich nicht sicher, ob er überhaupt noch ihre Vornamen kannte. Er hatte sie immer nur bei ihren Spitznamen genannt. Aber niemals würde er ihre Frauen vergessen. Ihre erstaunlichen, starken, umwerfenden, schönen Frauen.

»Oh, und Davisa und ihre Bande kommen nächste Woche zu Besuch, vergiss das nicht. Es sind Frühjahrsferien und sie hat eine Woche frei.«

»Ich kann kaum glauben, dass sie sich tatsächlich die Woche freinimmt«, überlegte Tom. »Normalerweise nutzt sie die freie Zeit, um an ihrem Klassenzimmer zu arbeiten oder etwas anderes für die Schule zu tun.«

Donna kicherte. »Sieht aus, als läge das in der Familie. Sie liebt diese Achtklässler und sie ist einfach die geborene Naturwissenschaftslehrerin.«

»Bist du wirklich bereit, sie alle sechs bei uns im Haus einzuquartieren? Ich kann ihnen immer noch sagen, dass sie sich ein Hotel suchen sollen«, sagte Tom ernst.

»Nein, es ist gut so. Sie und Lance werden mit Destiny und Jayden im Keller schlafen, da die beiden erst zwei Jahre alt sind. Trinity und Malik quartieren wir in Mays Zimmer ein. Und ja, ich weiß, dass sie bis spät in die Nacht quatschen und rumalbern werden, aber May kommt viel zu selten dazu, mit ihren Cousinen abzuhängen.«

»Solange es für dich in Ordnung ist, bin ich auch damit einverstanden«, sagte Tom.

»Ich hoffe, du findest ihn«, fuhr Donna mit leiser Stimme fort und wechselte das Thema. »Ich weiß, dass du ihn schon so lange suchst.«

Sie wusste alles über Gamjee. Tom konnte sich noch genau erinnern, was er mit zehn Jahren gesehen und gehört hatte. Sein Troll hatte sich in eine Art Leibwächter verwandelt und irgendwie die Kugeln direkt von seinem Körper abprallen lassen. Jeder einzelne Schuss außer dem, der direkt neben Tom in der Wand eingeschlagen hatte, hätte seinen Körper durchbohren können, und er wäre heute nicht hier.

Tom erinnerte sich immer wieder an das Gespräch mit dem Troll darüber, dass er Entscheidungen treffen musste und dass er eines Tages etwas tun würde, was alle Menschen beträfe, die in diesem Land lebten. Er hatte recht gehabt. Es wäre nicht abzusehen, was passiert wäre, wenn er, Tom Powers, an diesem schicksalhaften Tag nicht da gewesen wäre, um die für den Präsidenten bestimmte Kugel abzufangen. Der Vizepräsident war schwach und wurde von niemandem respektiert. Wenn er die Macht übernommen hätte, würden die Dinge heute wirtschaftlich, politisch und sogar in Toms persönlichem Leben ganz anders aussehen.

»Ich werde ihn finden, wenn es an der Zeit ist«, sagte Tom zuversichtlich zu seiner Frau. »Ich muss los. Gib den Kindern einen Kuss von mir. Ich rufe dich heute Abend vor dem Schlafengehen wieder an.«

»In Ordnung. Ich liebe dich. Bis später.«

»Tschüss, Schatz.«

»Tschüss.«

Tom hob den Kopf von der Rückenlehne und legte auf. Er sah über den Tisch – und lächelte.

Ihm gegenüber saß ein kleiner Troll und er sah genauso aus wie beim letzten Mal, als er ihn mit zehn Jahren gesehen hatte.

»So sehen wir uns wieder«, sagte Tom mit einem Lächeln und stützte sich mit den Ellbogen auf den Tisch.

»Willst du aus diesem Drecksloch verschwinden und etwas Vernünftiges essen?«, fragte Gamjee mit einem Grinsen.

»Nur wenn wir dabei Erasto und König Matuna treffen können«, gab Tom zurück.

»Ich denke, das kann arrangiert werden«, entgegnete Gamjee mit einem Nicken. Dann sagte er: »Du hast ziemlich lange gebraucht, um mich zu besuchen. Ich hatte schon befürchtet, du würdest denken, dass du jetzt zu gut für mich wärst ... nach der Nummer mit dem Präsidenten und so.«

»Auf keinen Fall. Assbucket war nur nicht leicht zu finden und ich wollte, dass du dich auf mich freuen kannst. Außerdem bin ich mir sicher, dass du so beschäftigt damit warst, dem Weihnachtsmann zu helfen, dass du mich überhaupt nicht vermisst hast.«

»Erasto ist der Assistent des Weihnachtsmannes, ich bin jetzt Träumemacher«, erklärte der Troll stolz mit erhobener Brust.

»Das freut mich für dich«, sagte Tom aufrichtig. »Ich erinnere mich noch gut daran, dass ich noch nie so gut geschlafen oder so schön geträumt hatte wie in der Zeit, in der du bei mir warst.«

Gamjee lächelte. Es war ein schiefes Grinsen und ehrlich gesagt war der Troll immer noch so hässlich wie früher, aber Tommy war es egal. Im Laufe der Jahre hatte er gelernt, dass es nicht das Aussehen war, das jemanden zu einem guten Menschen – oder Freund – machte, sondern das, was in seinem Herzen war. Und Gamjee war einer der besten Freunde, die er jemals gehabt hatte.

»Es tut mir leid, dass Brinique und Davisa nicht mitkommen konnten«, sagte Tommy, als sie die Straße entlanggingen.

»Ihre Zeit wird kommen, keine Sorge«, sagte Gamjee zu Tom. »Jetzt erzähl mir von May und Chris. Ich möchte alles wissen.«

Wenig überrascht, dass der Troll über seine Familie Bescheid wusste, lächelte Tom, während er seinem Freund am Ende der Straße in einen dichten

Nebel folgte. Er hatte keine Angst, nicht im Geringsten. Der Troll hatte ihm mit zehn Jahren das Leben gerettet. Er vertraute ihm bedingungslos.

Er konnte es kaum erwarten, May weitere Märchen über eine Stadt namens Assbucket und die magischen Kreaturen zu erzählen, die dort lebten.

Hol dir Buch 13, Schutz für Dakota (das letzte Buch der Reihe), kommt bald!

BÜCHER VON SUSAN STOKER

SEALs of Protection:

Schutz für Caroline

Schutz für Alabama

Schutz für Fiona

Die Hochzeit von Caroline

Schutz für Summer

Schutz für Cheyenne

Schutz für Jessyka

Schutz für Julie

Schutz für Melody

Schutz für die Zukunft

Schutz für Kiera

Schutz für Alabamas Kinder

Schutz für Dakota

Die Delta Force Heroes:

Die Rettung von Rayne

Die Rettung von Emily

Die Rettung von Harley

Die Hochzeit von Emily

Die Rettung von Kassie

Die Rettung von Bryn

Die Rettung von Casey

Die Rettung von Wendy

Die Rettung von Sadie

Die Rettung von Mary

Die Rettung von Macie

Ace Security Reihe:

Anspruch auf Grace

Anspruch auf Alexis

Anspruch auf Bailey

Anspruch auf Felicity

Anspruch auf Sarah

Mountain Mercenaries:

Die Befreiung von Allye

Die Befreiung von Chloe

Die Befreiung von Morgan

Die Befreiung von Harlow

Die Befreiung von Everly

Die Befreiung von Zara
Die Befreiung von Raven

Die SEALs von Hawaii:
Die Suche nach Elodie (April 2021)
Die Suche nach Lexie
Die Suche nach Kenna
Die Suche nach Monica
Die Suche nach Carly
Die Suche nach Ashlyn
Die Suche nach Jodelle

Hier ist außerdem eine Liste mit Susans englischen Büchern:

SEAL of Protection Series
Protecting Caroline
Protecting Alabama
Protecting Fiona
Marrying Caroline (novella)
Protecting Summer
Protecting Cheyenne
Protecting Jessyka
Protecting Julie (novella)
Protecting Melody
Protecting the Future

Protecting Kiera (novella)
Protecting Alabama's Kids (novella)
Protecting Dakota

SEAL of Protection: Legacy Series

Securing Caite
Securing Brenae (novella)
Securing Sidney
Securing Piper
Securing Zoey
Securing Avery
Securing Kalee
Securing Jane

SEAL Team Hawaii Series

Finding Elodie (Apr 2021)
Finding Lexie (Aug 2021)
Finding Kenna (Oct 2021)
Finding Monica (TBA)
Finding Carly (TBA)
Finding Ashlyn (TBA)
Finding Jodelle (TBA)

Ace Security Series

Claiming Grace
Claiming Alexis

Claiming Bailey

Claiming Felicity

Claiming Sarah

Mountain Mercenaries Series

Defending Allye

Defending Chloe

Defending Morgan

Defending Harlow

Defending Everly

Defending Zara

Defending Raven

Delta Force Heroes Series

Rescuing Rayne

Rescuing Aimee (novella)

Rescuing Emily

Rescuing Harley

Marrying Emily (novella)

Rescuing Kassie

Rescuing Bryn

Rescuing Casey

Rescuing Sadie (novella)

Rescuing Wendy

Rescuing Mary

Rescuing Macie (novella)

Delta Team Two Series

Shielding Gillian

Shielding Kinley

Shielding Aspen

Shielding Jayme (novella)

Shielding Riley

Shielding Devyn (May 2021)

Shielding Ember (Sep 2021)

Shielding Sierra (TBA)

Badge of Honor: Texas Heroes Series

Justice for Mackenzie

Justice for Mickie

Justice for Corrie

Justice for Laine (novella)

Shelter for Elizabeth

Justice for Boone

Shelter for Adeline

Shelter for Sophie

Justice for Erin

Justice for Milena

Shelter for Blythe

Justice for Hope

Shelter for Quinn

Shelter for Koren

Shelter for Penelope

<u>Silverstone Series</u>

Trusting Skylar

Trusting Taylor (Mar 2021)

Trusting Molly (July 2021)

Trusting Cassidy (Dec 2021)

BIOGRAFIE

Susan Stoker ist die New York Times, USA Today und Wall Street Journal Bestsellerautorin der Buchreihen »Badge of Honor: Texas Heroes«, »SEALs of Protection«, »Die Delta Force Heroes« und einigen mehr. Stoker ist mit einem pensionierten Unteroffizier der US-Armee verheiratet und hat in ihrem Leben schon überall in den Vereinigten Staaten gelebt – von Missouri über Kalifornien bis hin zu Colorado. Zurzeit nennt sie die Region unter dem großen Himmel von Tennessee ihr Zuhause. Sie glaubt ganz und gar an Happy Ends und hat großen Spaß daran, Geschichten zu schreiben, in denen Romantik zu Liebe wird.

Besuchen Sie Susan im Netz!
www.stokeraces.com
facebook.com/authorsusanstoker
twitter.com/Susan_Stoker
bookbub.com/authors/susan-stoker
instagram.com/authorsusanstoker
Email: Susan@StokerAces.com

www.ingramcontent.com/pod-product-compliance
Lightning Source LLC
Chambersburg PA
CBHW070541100726
47907CB00004B/1211